老人院

王学芯 著

江苏凤凰文艺出版社

图书在版编目（CIP）数据

老人院 / 王学芯著 . —— 南京：江苏凤凰文艺出版社，2021.1
ISBN 978-7-5594-5227-6

Ⅰ．①老… Ⅱ．①王… Ⅲ．①诗集 – 中国 – 当代 Ⅳ．① I227

中国版本图书馆 CIP 数据核字 (2020) 第 182395 号

老人院

王学芯 著

出 版 人	张在健
责任编辑	郝　鹏　曹　波
责任印制	刘　巍
出版发行	江苏凤凰文艺出版社
	南京市中央路 165 号，邮编：210009
网　　址	http://www.jswenyi.com
印　　刷	苏州市越洋印刷有限公司
开　　本	880 毫米 × 1230 毫米 1/32
印　　张	7
字　　数	90 千字
版　　次	2021 年 1 月第 1 版
印　　次	2021 年 1 月第 1 次印刷
书　　号	ISBN 978-7-5594-5227-6
定　　价	50.00 元

江苏凤凰文艺版图书凡印刷、装订错误，可向出版社调换，联系电话 025-83280257

王学芯，生在北京，长在无锡。中国作家协会会员。参加《诗刊》社第十届青春诗会，获《萌芽》《十月》《诗歌月刊》《中国作家》《扬子江诗刊》《诗选刊》《现代青年》等年度、双年度诗人奖，获名人堂2019年"十大诗人"奖，获江苏省紫金山文学奖，《草塘》获第五届中国长诗奖，《空镜子》获中国诗歌网十佳诗集奖。部分诗歌译介国外。出版《双唇》《偶然的美丽》《尘缘》《可以失去的虚光》《迁变》《老人院》等12部作品。

序
残酷的时间与生命的反观

蒋登科

认识诗人王学芯的时间不算短了,但关注和阅读他诗歌的时间更长。

王学芯的诗对现实话题关注较多。他通过对现实的广泛、深度介入,抒写对这个时代的打量和思考。最近几年,他一直关注老人问题,创作了一系列以"老人院"为主题的作品。关注老人命运,其实也是在关注现实、关注生命、关注未来的我们自己。这类作品在之前不是没有,但是以一本诗集的篇幅专门关注老年话题,王学芯的这本《老人院》可能是新诗史上的第一部。因为敏锐,因为关爱,因为担当,他以自己的执着创造了这个"第一",令人敬佩。

生老病死是自然规律。尊老与爱幼一直是中华民族的优秀传统,《孟子·梁惠王上》即说过:"老吾老,以及人之老;幼吾幼,以及人之幼。"国外的一些作家也非常关注老年人的生活,爱尔兰诗人威廉·巴特勒·叶芝在其年轻的时候就创作过一首《当你老了》,虽然是爱情诗,但其中也蕴含着对老年生活的一种关注,广受欢迎,仅中文译本就有袁可嘉、杨牧、傅浩、飞白、裘小龙等译者的十多个版本,甚至被谱曲传唱。"多少人爱你青春欢畅的时辰,/爱慕你的美丽,假意或真心,/只有一个人爱你那朝圣者的灵魂,/

爱你衰老了的脸上痛苦的皱纹"（袁可嘉译）。"朝圣者的灵魂""痛苦的皱纹"在表面上看互不相融，但在内里却是相互支撑的，前者是内在品质，后者是外在表象。一个人如果没有经过终生的历练，没有经历过从"眼神的柔和"到"痛苦的皱纹"的沧桑变迁，恐怕很难悟出"朝圣者的灵魂"的真谛。因此，人的一生，无论在哪个年龄段，都可以从不同的角度体现生命的独特价值。

随着生存环境和生活条件的改善，人类的预期寿命不断提高，由此引发了老龄化社会的到来。根据有关报道，截至2018年，我国65岁及以上人口比重达到11.9%，人口老龄化程度持续加深。人口老龄化的加速自然也增加了社会保障和公共服务的压力，减弱人口红利，持续影响社会活力、创新动力和潜在的经济增长率。养老问题成为社会关注的重要话题。

王学芯说："想到衰老问题，必然触及日常生活和命运这个核心理念。年迈不能抚慰，亦毋需悲哀。凡到了六十岁的人，都应知道怎样去寻找老去的生命意义，这是一种是否活得明白的事情，更是一生中被赋予的最艰巨使命的开始。"为了创作这部诗集，也为了更全面地了解老年人的生活，诗人走访了几十家养老院，足见其用心之专，用情之深。关注老人院，是关注老年人生活的重要侧面，也是集中关注老年人的生活、情感、心理。和白纸一般的婴幼儿时代不同，老年人群体是一个非常复杂的存在，每个人有着不同的经历，因此对人生、现实、未来也会有着不同的体验。在创作这类作品的时候，深度揣摩老年人的心态是诗人必须首要考虑的问题。

老人院

诗人是怀着悲悯之心关注老年世界的。打量老年人的生活、抒写老年人的内心，是诗集的核心内容。老年人的生活、心灵、情感等等不是空洞的存在，而是体现在他们的日常细节之中，这其中有回忆、有憧憬，也有实实在在的生活琐事。诗人正是抓住这些现象及其内涵，感受老人的生活、经历、沉思、感悟，通过老年人这个特殊的群体思考人生之价值。

在《问候》中，诗人写道："用倾听 用理解 用谦恭 / 用一个同一视觉平面上的问候 / 在养老院坐了半天 / 像熟人那样交谈 融洽时 / 自己未来的脚 仿佛侵入了 / 坚硬的土壤"。在与老年人交流的时候，诗人将自己代入其中，这样就使他能够更真切地体会老年人的生活与心灵，也可以更好地带给我们对老年人群体的认识，甚至为自己的未来找到一种合适的应对方式。也因此，在《养老院》一诗中，诗人写出了老人们的真实环境和生存状态：

养老院是个羞涩的地方
留给任何人使用的院子和房间
左边或右边
花园　粉墙　小径　树丛
融入一个挽手形态的长廊　连接点上
职业责任心和床单上幻想的细心
在每个头顶上闪出唤醒的光点
观察着我
并告诉我
这里每一朵改善气氛的鲜花
没有类似笼子的一丝败絮

环境是优美的，诗人还使用了"羞涩的地方""挽手形态""唤醒的光点"这样一些温馨的表达，体现了对老年人的关爱。"每一朵改善气氛的鲜花／没有类似笼子的一丝败絮"，从一般的表达来看，本来可以只要前一行的内容，直接书写诗人所见到的"鲜花"，但他偏偏要加上"有"（鲜花）与"没有"（败絮）的对比，这是一种强化式的表达。在诗人所了解的观念中，也许有人使用"败絮"来描述老年人生活的环境或者他们的心态，因此，这种看似多余、重复的强调其实是很用心的，既是对某些流行看法的回应，更抒写了诗人对养老院的情感认可，当然蕴含着他对老年人和老年岁月的敬意。

在整部诗集中，"老人院"当然是诗人对真实的老人院的关注，但从诗歌的角度说，它更多地是一个象征，是老年人生活、心态、追溯、期望的象征，是人生逐渐走向暮年的象征。因此，其中的不少作品在表面上似乎和具体的"老人院"并没有直接的关联，但我们从中读到的是真实的老年生活。可以说，"老人院"只是诗人关注老人生活的一个聚焦点，由这个点出发，诗人关注、思考的是老年生活。诗人站在老年人的角度，通过观察、回忆、追寻等方式抒写人的一生，注重对生命过程、生命价值、生死关系等话题的思考和解读。

相比于年轻人，老年人经历的事情往往更多，他们对人生、现实的思考也会有着特别的角度。时间可能是老年人最敏感的话题，在王学芯的作品中，时间意识一直贯穿始终，也由此延展了这部诗集的涵盖面。《时光》有这样几行：

老人院

时光比墙上的报纸更薄
脑袋里的钟摆　发出了一种
震耳欲聋的响声

在诗人眼中,时光很"薄",但在老年人那里,"钟摆"发出的声音却"震耳欲聋"。这不是简单的夸张,而是他们对时间的敏感。《遮蔽》写的同样是对时间的体验:"不能再说无穷无尽了/时间如同沙化的湖泊/躯体是一缕发白的波纹/微滴似的太阳和月亮/被干燥的手轻轻一拭/就没有了"。在这个世界上,最残酷的是时间,谁也无法阻止时间的脚步。

因为时间的流逝,在老年人那里,生活就有另外的面貌:"生活是一片诚心的落叶/所有的一切　只是/为了盘旋　飘落下来"(《盘旋》)。面对时间的紧迫,很多人可能会思考《衰老问题》,这也是王学芯特别关注的话题:"如果忘记　然后突然想起/局促的黑发稀少起来　骨质变得疏松/睫毛上落下的半空光斑　闪出一面镜子/就浮起了/游移的白星","当第一粒药丸/溶解一只杯里明澈的水/然后疲惫坐下　躺上深夜静悄悄的床/衰老问题　突然想起/又倏地忘记/那时轻轻闭上眼睑/这一日就与黑夜融为一体了",诗人抓住了老年人时常面临的一些身体的、心理的问题,以艺术的方式揭示了"衰老问题"的确实存在,这是规律,无可抗拒。在《衰老的一些习惯和征兆》中,我们可以切实地体会到衰老的生理与心理状况:"衰老的征兆或一些习惯/是不由自主地盯视手表上的秒针/号脉　或用一根手指/压住牙龈上的脸颊　测试/是否牙疼//敏感或是担心/随着每一次心跳慢慢蔓延全身／而身边经过的熟人 铭记在心／热情微笑／却怎么也想不起来称呼／这种上百万次的场景／没有任何痕迹"。读着这样的诗行,我有些沉重,这确实也是我身边的亲人、长者所体现出来的衰老状态。他们也曾经活泼,充满梦想,甚至为了梦想而劳碌奔波,但是时间很残忍,当衰老袭来,过去的一切可能都远去了。

　　时间带来的衰老、退化有时令人心酸,甚至让人触目惊心。《看不见的血缘关系》写的是街头的痴呆老人的状况,他过去或许经历过很多,付出了爱,也得到了爱,但此刻,一切的记忆都已经模糊,"冬季的一连串月亮／照亮坐在街头一张长椅上的脸／所有询问除了姓 其他一切要素／就是黄褐色的颧骨 发白嘴唇和打结的表情／以及反复念叨的清晨"。老人像落叶飘零,"美丽的亲属子女／在完好的一盏灯下闪烁／比空气还轻 如同一层覆着的膜／使宁寂街面 愈加暗淡不清／失去看不见的血缘关系／而凛冽似乎到了难以想象的僵硬"。这样的场景,这样的形象,这样的体验,使诗人对生命有了更深一层的感悟。在曾经非常熟悉的地方,他们可能再也找不到回家的路,而是在孤独的街头茫然徘徊。《干燥》记录的是一种出现在"电子眼"里的场景,一个走失的老人在人行道上飘忽,"像在寻找什么 惦记什么 过了斑马线／凉鞋上一袭睡衣睡裤延长了昼与夜／小车和行人一一掠过／尘埃和路灯合成的光晕／迷迷糊糊 潜入／孤单的屏面深处"。他茫然不知去处,诗人见到:"两排楼房和光秃秃的树之间／路面干净／泛着光亮／看到了一个失踪的老人／拖曳着最后一丝飘忽的人影"。冷冰冰的电子眼不知道老人的心绪,也不知道隔着屏幕的诗人的内心焦灼,我们

老人院

可以从这些诗行之间体会到诗人对走失老人的悲悯、关爱之情，也能够感受到他对生命的关怀，诗行之间蕴含着一种无法化解的沧桑之感。

因为时间，老年人的行为也会发生变化："皱纹仔细地叠在皮肤上／如同微型吸管抽取体膜内水分／凝成的褐斑有意或以松弛的方式／让人懂得衰老　衰弱和衰竭过程／了解经过空间的有限年代／以致现在青灰色的天空／拖曳出了发脆的云丝／所见的树木和深草地上飞蛾羽翅／也在眼眶里／干枯了光芒"（《行为》）。年轻的时候，时间让生命不断生长；年老的时候，时间又让生命力逐渐衰减。这个从无到有再从有到无的过程，对于个人来说，似乎不短，但在历史的长河之中，其实只是短短的一瞬间。我们可以感觉到，诗人也是带着沉重的心情在抒写这些诗篇，这当然不是因为生命力的不断减退，而是因为他所面对的很多生命曾经拥有的梦想与活力。不过，诗人并不因为肉体的逐渐衰老而放弃对生命的热爱和对生活的梦想，相反，其中的沉重之感所蕴含的是诗人对生命及其价值的思考。

但是，残酷的时间和无法避免的衰老，并不是老年生活的全部。很多老人依然怀揣梦想，依然有着天真的心态。《天真》写的是老年人寻找蟋蟀的声音，那本应该是童年的经历与记忆，但同样发生在老年人身上，"昨夜　蟋蟀的曼妙／属于一个老人　如同一座屋子和所有深情／窗子或房梁模拟出细微动静／在夜色中　生出一种／说话的声音　彼复一波／像是拼在一起的柔软被子／覆盖干净的床／醒着而眠的皮肤"。蟋蟀的声音给老人带来了美好的体验，勾起了他所有的记忆，所以他"想见一见陪伴他的那只蟋蟀／看看那粉色的翅膀"。在早晨醒来后,老人来到墙角,"在静静蹲下时/银白色的躯体拢住气息/小心翼翼如在凝视一个婴儿/在时间里面/合成骨肉记忆/悸动的天真"。这样的动作和孩子的天真没有什么差别,只不过一个是梦想,一个是回望,但我们可以从他的感受、行为之中深深地感觉到老人的孤独。这是一首将童年和老年融合在一起的诗,弥合了时间的跨度,虽然这种弥合只是生命延展的一个侧面,但我们可以从中感受到老人独特的生活状态。随着岁月的流逝,老人的爱只会愈来愈浓郁,越来越纯粹,尤其是对儿孙的牵挂,几乎成为他们人生的全部。《晚餐》写的是等待子女回家的老人:"在城市普通的窗内/老人旋转自身的背影 擦净桌面/摆放好所有傍晚的筷子和形态/眺望一棵树上绽放的花朵/以及闪过缝隙的人流和入口小径/等待骨肉的客人"。老人的等待非常用心,他为亲人的归来做好了一切准备。但是,他最终失望了:"老人在自己眼球深处/迈动蹒跚脚步 走下几段楼梯/把放进塑料盒里的丰足晚餐/送到刚才看到的一棵树下/招呼猫咪过来/凝视/寂静的咀嚼声响"。他用心准备的丰足晚餐,最终送给了楼下的"猫咪"。从文字之间,我们可以体验到老人的牵挂和对子孙的深爱,也可以感受到他的孤独和期盼。我记得在陈敬容年轻时创作的作品中,发现她特别注重动物、植物意象,她的倾诉都是说给人之外的事物的,而很少与人对话,可以感受到她当时的孤独与寂寞。这种状况在王学芯感受的老年人生活中,可以说是一种常态,诗人的心酸和对生命的无奈之感,强烈地渗透在他的作品中。

  记忆、回忆以及不同于年轻人的回头式体验,可能是最能够代表老年人生命状态的人生内容,一点一滴都是过去时光的闪耀,甚至因此而构成《一代人的印记》:"光线斜过树篱／闪出钢筋的金色条纹　在加固／养老院的围墙　坐在那里的人／长凳或摇椅／脸上黄铜色的光点／凝成一片轻微的褐斑／／分离或撤离／碎化的孤寂粘成一个整体／呼吸变得沉静　倾听或说话／一种保持的姿态／像是水中／深沉的铁锚"。这是个体,也是群体,更是时光、岁月,而那种"保持的姿态",沉稳而坚定;《哑默》也是一种存在的状态,尤其是在老年人那里:"把自己经历过的事／当成一张纸　放进篓里　是恰当的举止／像沮丧的衣服搭在熟稔的椅子上一样／过程中的动人东西／结局往往绝不动人"。过程和结局,各有各的内涵,各有各的滋味,而诗人心目中有着他自己的独特感受和判断。《子夜》写的是黑夜之中的回忆:"时间慢慢进入深夜／一天或大半辈子变成一块窗子玻璃／隔开一切　终于到了／这么深的地方","窗子以外繁多的或暗黑中的灯光／在意识的远端　混合着／所有气氛和现实／证实了一个凝视什么而无凝视的人／像在穿过广袤　兴盛的大片草丛／回到一个／寂静原点"。短短的诗篇,相当于让人重新体验了一回人生,从孤独的老年回到了原点,人生的滋味自然就会渗透在字里行间,或轻松,或沉重,这就是透过一扇窗户体悟到的"花甲之年的内心"。

　　时间以及由时间引发的生命思考是这本诗集的核心主题,一切因为时间而生发,一切因为时间而变迁,尤其是生命,因为时间而诞生、成长、创造、衰老。对于世界,这是一个周而复始的过程,也是生命不断演进的过程,它带给我们惊喜、欣慰,也带给我们沮丧、失落,更带给我们诞生、消亡。这就是生命的本味,也是生命的魅力之所在。面对老年人的世界，诗人的切入角度是多样的，有旁观，有介入，也有自我审视，但诗人始终是以关注老年人或者以老人的心态去感悟生命，这样就以诗的方式抒写了老年人这个群体对生命的体验、思考，也使这些作品拥有了不同一般的广度、深度与厚度。施战军说："《老人院》从现实入手，以诗性表达人间关切。这是诗人的一次有意义的自我挑战。他冷静地观察、解剖社会或个人，试图通过合并和聚拢，找到一条抵达'愉快生活'的通途。作品中的'时间'确凿又具活性，无论停顿还是飞掠，都是感情的凝聚、思想的冲腾。"他肯定了作品的人间关切和时间意识，应该说抓住了王学芯这部诗集的核心追求。

在具体的表达中，王学芯使用的是现代汉语，但在很多时候，他通过自己的话语方式和策略重新建构了汉语的诗性。比如，他喜欢使用超越现实时空的意象建构方式，将时间、空间扩大，这恰好和老年人丰富的经历达成了一致；又比如，诗人在很多时候在语序上打破了习以为常的修饰、搭配关系，使我们在鉴赏这些作品的时候，不能仅仅停留在文字的表面，而是要努力去穿透这些文字，揣摩诗人在表达上的独到之处和独特用心。因此，王学芯的诗歌语言可以说是一种建构现代诗歌含蓄蕴藉的内在张力的有效方式之一，也是对诗歌的难度写作的有益尝试。

这部诗集的格调总体是严肃的，有时候甚至是沉重的。这不难理解和接受，因为诗人面对的是生命的不断苍老、衰弱甚至消失，表达的是另一个层面的生命之思、人生之悟。虽然一些人对生死之事看得很淡然，但真正面对的时候，很多人其实是很难轻快起来的。一个对老年人的生活和内心了解得非常透彻的诗人，自然也是如此，比如王学芯。在《自画像》中，诗人写道："眉毛朝着眼睑／俯冲下来　向我点头　深深地吸气／我知道了躯体的弯曲／／稀疏的白发／突然纤细起来　如同一缕收干的荒草／弄乱了脑袋和思考／／到达眼睛的夜／变成两只沉寂的黑圈　在填入／更多皱纹和模糊的灯光／／而脸在被自己整体嫌弃／在鼻尖上　降下／气息的潮汐"，这是很多老年人的形象集合，也是他们心态的刻画。面对这样的形象、心态，无论置身其间，还是作为旁观者，我们都难以轻松起来，因为老人提供给我们的思考实在太多了，而且我们所有人都会走向那样的状态。因此，我觉得，王学芯在分寸的把握上是做得非常到位的，他是怀着敬重、悲悯和大爱之心在关注老人院，关注老年人，进而关注生命的演进、生命的价值。

　　作为读者，也作为必将步入老年人行列的诗歌爱好者，我愿意向学芯兄表达我的敬意，也借用他的作品祝福天下的老人健康、快乐！

2020 年 6 月 16 日，草于重庆之北
2020 年 6 月 23 日，修改于缙云山下

（蒋登科，四川巴中恩阳人，文学博士，中国作家协会会员，美国富布莱特访问学者，西南大学中国新诗研究所教授、博士生导师，西南大学出版社副社长，兼任重庆市作家协会副主席）

目录

- 001 序
- 001 路过老人院
- 003 问候
- 004 晚餐
- 005 干燥
- 006 天真
- 007 一代人的印记
- 009 养老院
- 011 一串旧钥匙
- 012 刺绣
- 013 后代
- 014 多种"一"的概念表述
- 015 空椅
- 016 衰老问题
- 017 三个人
- 018 养老指南
- 019 缩影
- 020 朵香
- 021 最后的壁绘
- 022 疼痛的喉咙
- 023 老房子
- 024 仿真的假想
- 025 残荷
- 026 光里的雾沫
- 027 永远年轻
- 028 更多的时间
- 029 代替忘记
- 030 眼里的清晨
- 031 飘忽的清晰

- 032 进入
- 033 书
- 034 生活的自身
- 035 看不见的血缘关系
- 036 停留之间
- 037 风的呼吸
- 038 哑默
- 039 幸福的人
- 040 在两种生活之间
- 041 纽扣和日子
- 042 茶色镜片
- 043 玻璃街景
- 044 低着头行走
- 045 背影
- 046 走在夜色的人行道上
- 047 行为
- 048 子夜
- 049 一种半步之遥的距离
- 050 具体的人或抽象的地方
- 051 屋檐下
- 052 凝视一只蚂蚁
- 053 午夜一瞥
- 054 中场休息的时间
- 055 吸引力
- 056 在建筑路上
- 058 在三层楼面上
- 059 生活的一种时态和联系
- 060 在公交车上

061 衰老的一些习惯和征兆
062 棋局
063 窗架的影子
064 时光
065 回归旅游的核心之路
066 盘旋
067 愉快过程
068 距离或看老
069 悸动
070 遮蔽
071 中间
072 静止不动
073 不会老
074 开始
075 立足点
076 鱼和人
077 这一瞬间
078 悠闲的小径
079 熟悉的过去
080 一次摔倒
081 旅者
082 在路上
083 对话
084 约定
085 合金
086 在人群间
087 诘问
088 惊羡

- 089 问好
- 090 看一个邻妪注意到一只衣柜
- 091 记忆
- 092 人……
- 093 四月
- 094 诫子书
- 095 一汪匙形水洼
- 096 半年左右的时光
- 097 传承问题
- 098 山里的无形之影
- 099 有点老
- 100 夜窗
- 101 秋
- 102 虚掩之门
- 103 老年证
- 104 物化
- 105 沉思
- 106 重归幸福
- 107 新年
- 108 元月一日
- 109 老照片
- 110 某一次的散步或停歇
- 111 自画像
- 112 生日蛋糕
- 113 六十岁
- 114 黄昏的路口
- 115 这一年的冬季
- 116 眺望

117 纸船
118 场景
119 一个镜头
120 雨中的人
121 寂静里的声音
122 在岩石上爬动
124 在深冬的合唱声中
125 袖珍问题
126 木偶
127 春后
128 在峭壁上
129 山居
130 沉静的山坳
131 松林里的夕阳

133 亲密的关系
135 一扇门窗紧闭的房子
136 家信
137 寻找苏州葑门外的旧居
139 重症病房
140 最后的天空下着细雨
141 一个星期五的下午
142 一本日历的题诗
143 褐斑
144 橙子
145 雨夜
146 景象
147 花甲之年
148 独居或栖居

- 149 空壳
- 150 阴雨天后
- 151 立冬这一天
- 152 致淇淇
- 154 移动的窗口
- 155 填补一个合适的空隙
- 157 夜色
- 158 我们都在每一天老去
- 160 昼与夜
- 161 午寐
- 162 晚年
- 163 路过一个花坛
- 164 落叶
- 165 给妻子
- 166 干渴
- 167 除夕
- 168 居所
- 169 握手记
- 170 舌头
- 171 石榴花
- 172 描述
- 173 冥想
- 174 大叶子树
- 175 梅雨季节
- 176 出门
- 177 这个时刻
- 178 初夏
- 179 另一只眼里的城市

- 180　寻房启事
- 181　鸟雀之塔
- 182　建筑实况
- 183　分解
- 184　宗亲河上
- 185　梦中
- 186　墙上的落日
- 187　难以说清
- 189　溺水
- 190　假想
- 198　后记

路过老人院

路过老人院侧门
夕阳落入一道裂缝　从中
所有的那一天　仿佛夹住了头颅

或简单地说　一个适应问题
最后几年的某月某日　无风的时刻
这里　能够上楼梯　忘却模糊的躯体

看见的墙　浮起纸一样的白
在变化中如同一张租金单子
包含使用的房间　床和漫游的思维

台阶高高升起　云在
三层楼的窗子里飞行　前廊上的椅子
在沉入天空似的瞌睡

——星宿的一粒冰雪
正在为衰落的喉咙　嘴里的心脏
融入松之又松的牙槽

而注视的一只眼睛
越过黄昏　进入歇息之夜
似乎拖长了脚的纤细踪影

那里　整理好了一切
任何一天一样的傍晚　薄薄的窗帘
可以遮掩此刻的灯光

老人院

问候

用倾听　用理解　用谦恭
用一个同一视觉平面上的问候
在养老院坐了半天
像熟人那样交谈　融洽时
自己未来的脚　仿佛侵入了
坚硬的土壤

这种永久性的问题
这种坚固而经常性的向晚态度
每个人处在每天的衰老开端　越来越快
抵达眼前的现场
那些最金灿灿的光影　一如
风中的一朵花　朝着
这个空间　景色和残喘的空气
迁徙而来

一切紧随其后　就像
刚才走过的桥梁　穿过历史博物馆一样
跳过一代人　手和手感
黏合一起
部分和整体
未来与现在　抖动着
午后息息相关的睫毛

晚餐

在城市普通的窗内
老人旋转自身的背影　擦净桌面
摆放好所有傍晚的筷子和形态
眺望一棵树上绽放的花朵
以及闪过缝隙的人流和入口小径
等待骨肉的客人
默默聆听钟表的蟋蟀响声
直到夕阳凋零　移走最后一缕光线
直到一只蚊子在锥体光中飞行
月亮让脸
黯然失色
这时　老人在自己眼球深处
迈动蹒跚脚步　走下几段楼梯
把放进塑料盒里的丰足晚餐
送到刚才看到的一棵树下
招呼猫咪过来
凝视
寂静的咀嚼声响

老人院

干燥

在干燥的季节里
干燥的城市失踪一个老人
电子眼里的影像在人行道上飘忽
像在寻找什么　惦记什么　过了斑马线
凉鞋上一袭睡衣睡裤延长了昼与夜
小车和行人一一掠过
尘埃和路灯合成的光晕
迷迷糊糊　潜入
孤单的屏面深处

而远处一垛充满裂缝的墙和一无所知的门
同样敞露在电子眼里　街上
两排楼房和光秃秃的树之间
路面干净
泛着光亮
看到了一个失踪的老人
拖曳着最后一丝飘忽的人影

天真

昨夜　蟋蟀的曼妙
属于一个老人　如同一座屋子和所有深情
窗子或房梁模拟出细微动静
在夜色中　生出一种
说话的声音　彼复一波
像是拼在一起的柔软被子
覆盖干净的床
醒着而眠的皮肤

在全世界醒来的早晨
蟋蟀睡了　衰迈的老人在余音里
颤颤而出　想见一见陪伴他的那只蟋蟀
看看那粉色的翅膀
安静角落　一簇蕨草遮掩的墙缝
在静静蹲下时
银白色的躯体拢住气息
小心翼翼如在凝视一个婴儿
在时间里面
合成骨肉记忆
悸动的天真

老人院

一代人的印记

光线斜过树篱
闪出钢筋的金色条纹　在加固
养老院的围墙　坐在那里的人
长凳或摇椅
脸上黄铜色的光点
凝成一片轻微的褐斑

分离或撤离
碎化的孤寂粘成一个整体
呼吸变得沉静　倾听或说话
一种保持的姿态
像是水中
深沉的铁锚

内在的光
白墙下的城市长出绿色植物
这使生命有了柔软的叶丛

而弧形走廊
如同一副整齐的牙床
某种意义上　咀嚼和体味
懂得孤独或渴望治愈的等待
就是一把支撑的骨头
两只眼睛

一只替代庄严的落日
一只取代月亮

晚年一代人再现
一种独子或独女的印记
在生活的边缘稍稍卷起自己的影子

老人院

养老院

从住宅楼群的窗口
眺望远方　垂直凝视养老院的动静
其中脚步　多于脑海里的影子

我的前额悬在半空
倚在窗边的眼睛　看到自己的衣服
飘在风中　像在寻找
搭建的居所

养老院是个羞涩的地方
留给任何人使用的院子和房间
左边或右边
花园　粉墙　小径　树丛
融入一个挽手形态的长廊　连接点上
职业责任心和床单上幻想的细心
在每个头顶上闪出唤醒的光点
观察着我
并告诉我
这里每一朵改善气氛的鲜花
没有类似笼子的一丝败絮

我的身体
生出双翼　在经过未来几十段的楼梯
想着落地时　那时的天空

肯定会下起雪来　有一朵
最洁净的雪花
触动窗台的嘴唇

老人院

一串旧钥匙

短链上一串旧的钥匙
经过很长年份　被牛皮纸的信封想起
斜着抖落出来的锈屑和声响
散在掌心　变成
临时居室里的杂沓之物
随身在心的门　出售了旧宅
从没富足的生活滑过大多数日子
仅存的想念　圈坐一起碰到的脚和呼吸
四处走散　各自偏倚的姿态
成为狭窄的光中
暗黑的一枝花朵

钥匙留下一串大的疑怆问号
没有紊乱的齿有着任何一种的凌厉
尖的
锋利的
悬立的嶙峋
在空槽之上　期望多于一个人的锁孔
丢下的凝视　倾听或意义的毫无意义
也许因为老了　也许因为
隔绝了一扇消失的门

刺绣

这猫的眼睛　这绣绷和针尖上的丝线
和灵性　气息从过去的老街窗口吹来
似乎　猫须碰到了一缕垂下的白发
蹭在老花镜一边
像可靠的陪伴　娇柔自脚蔓延至脖颈
绒毛一样的嘴唇　自言自语
发出逗趣的喵声
融合了场景
同样显现的警觉
侧向一面的头　望着照射过来的光线
以及陌生的从没见过的那么多老人　轮椅
一并排的单人或双人房间和院子
觉得暮色的寂静　罗列一起　粘在低语上
而趴着一瞥
发现那些有着抚摸意味的皱皱之手
牵动着全部的神经和孤寂
脸上
有着充盈的光

老人院

后代

黄昏单纯
湖边一群化身的蝴蝶
斑纹变黄变皱了　夏天已是深秋
涟漪如丝　穿过无法辨认的礁石针孔
倾听柳树滑过线条的气息
以及岸边金盏草
锦葵花
光和自然规律的变化　记忆年轻起来
抖落下一路或油烟里沾上的灰尘
自在的风　新的空气和呼吸
形成一个整体
蹁跹中　所有山色与灌木转动起了方向
轻灵使一天变得丰富　使自己
索要的一点夕阳
更像一朵毋庸置疑的花
而没能一起出现的后代　情绪的一部分
肯定忽略了这一刻的时辰
蝴蝶的
形体和美或空间

多种"一"的概念表述

如果一是无数
把许多一致性的房间放进养老院走廊
那么　云的地毯就在楼梯之上
一张张脸和絮语
会返回自己的胚胎

每一个房间应有开向花园的窗户　应有
一种安慰　一次无限重复的串门和闲聊
一份热餐　一粒丢了的纽扣
一首放回过去的歌曲　小巷或出生的房屋
一张凝望成千上万次落日的椅子
延续的照料和护理
嘘寒问暖
体贴入微
乃至必须关心的意志和尊严　生与死
一点隐私

无数一的任何内容　我或所有的人
在人生黑暗前的光中　在遍及
低处的一颗星下
日子的退化　日常性结局
适得其所的微笑
或许就是多种一的唯一

老人院

空椅

一张空椅
在今天的廊边躺着仰望明天
始终在原地　留存许多老人的痕迹
气味　飘忽的视线　歪斜的身体和手势
下垂的坐垫与毛毯
一年年远在天边
一日日近在咫尺

这从不挪移的虚寂之位
窗外的灿烂建筑　上面的太阳和月亮
在匆匆划向苍茫的云层　玻璃上
坚硬的粼粼光点
一起一落
撞击薄薄的眼睑
人影轻轻飘忽　飘离　飘逝
椅子比生命里的生命更老
所见的雷同
变得视若无睹

一张发亮的空椅
经历过骨头和疏松的皮肉　嘎吱响着
一直在可靠的地点时间里
凝听动静
准备着各种各样的天气
孱弱的时辰

衰老问题

如果忘记　然后突然想起
局促的黑发稀少起来　骨质变得疏松
睫毛上落下的半空光斑　闪出一面镜子
就浮起了
游移的白星

太多顺从
太多宿醉之后习惯的怆慌心跳
社会的糖和经济的盐侵入肾和肝胆
记不清了消失的日子
而需要做下去的事情　脸面或理由
渴望的每一个空隙及借口
飞过酸涩的牙缝
使独自的风吹雨打
偶尔两三次清脆的关节响声
碎在喧嚣里　卷起了
一地杂驳的树荫

当第一粒药丸
溶解一只杯里明澈的水
然后疲惫坐下　躺上深夜静悄悄的床
衰老问题　突然想起
又倏地忘记
那时轻轻闭上眼睑
这一日就与黑夜融为一体了

老人院

三个人

三个人在养老院栖居　眩晕相遇
三个人口红　眼影　花白胡茬闪耀
三个人紧张走色　昏黄的光移动
三个人嘴角微微颤悸　失去一点条理
迈出了一步

三个人的理由　多了一点简单的缠绕
三个人把情感吸进胸口
三个人的脸遮住天空
三个人没有目光的眼睛空空落落
三个人聊起天气
三个人肺叶吐气
三个人突然哑默
三个人窘促而忐忑不安的睡衣
在风中飘起
袖子撩起了分散的手势

三个人或三百人或更多的人
一座院子的无限生活样子　彼与此
只有一种隐匿的含义

养老指南

一个属于自己的地方
一处安静而百年之好双全的房间
清朗的风融合庭院和恰当开阔的阳台
气息平和　一身衣着干净
指甲缝里
没有污垢

养老准备　在视觉里诞生
在瞳孔中遗忘媒体的凌虐细节
新的境遇　必须放缓钟表的转动速度
从容地保持轻盈骨架　暗淡地
培养悸动的同情
某些不能替代的自理小事　日常一切
洗脸
穿衣
开窗
包容所有现在做到的全部
本能行动　和四肢上的敏感或灵巧
是那最好的独立　昼与夜的光
以及跟随的膝盖　提起的
行走脚步

同样延续的生活　窗台上的葱绿盆栽
植物的茎和叶　氧气和月色
也是一种信心的状态
老人院

缩影

一只皱纹胡桃
一轮射着光线的落日　照亮城市一隅的
一座院子　很多或零散弯着的颈项
移动的脸
闪现相同的褶痕

鸟在院墙的任意一个点上俯视
背衬钙化的天空　眼下的巢穴里
氧化的面颊　前额和唇线
像在相互传递　形成了一模一样的内心气候
柔软硬壳

每扇有着深度的窗朝南敞开
所有理解的一秒钟都在缩小此时的躯体
黄昏走下台阶　沉默
在自己体内
无论白首
还是黄发
仿佛一只鸟追踪过的握手　已经松开
暮年一个院落一个房间
在掌心里
裹紧了黑夜以及静谧隔开的门

朵香

幽香花瓣　飘起一缕长长的气息
从吸入开始　经过喉咙一路抵达肺腑
非常细滑透彻
渗入
肌体内部的严寒日子和黑夜　随之
绕着心脏　融合清凛的空气
一丝丝向上　向着心尖伸展
那里　仿佛也有一次
微微发红的日出

兰花草　懂得胸腔有一个湖泊的轮廓
它在孤独的眼睛下面　在一个视觉里
形成了春雾　萦念着
隐化的无瑕清澈
静静的月色

老人院

最后的壁绘

那用作居住的狭小地方
淡淡天空下的墙折成一个直角
手绘的竹林　静静池塘　一座等人的房子
打开空间　伸到床沿边上的小路
曲了几曲　挨近
一双赝品的鞋子

大约幸福　鸟鸣环绕的盈盈话语　吸收了
新鲜空气和柔和的光线　太阳
含有早晨的情态　仰仗这一面积
使露珠变成一粒一粒光源
吐出阴影
飘出一朵眼皮内层的白云　仿佛
另一场春雨　也在渴望之中
在越过城市的边缘

一个充满任何养老内容的地方
在大家都知道的所处方向　一个衰倦之人
弓着腰　在墙上的光影里发光
床沿缓缓移动
每簇轻轻进入视野的花丛
像在遥远或很近的鞋边
飞起一只鸟
飞落一只鸟

疼痛的喉咙

这个夜晚
扁桃体红肿　堵了喉咙
疼痛像在擦过一道道岩坎
长了尖刺的沙砾
狠狠撞上走廊里猩红的灯光
太阳穴震动　几只斜过肩膀的蠓虫
环绕耳边发出嘘嘘回声
卷起了寂静无声的一阵风
在蔓延时
越过一个钟点　两三个钟点
或三更
或整整一夜

莫名的原因
吸入的空气如同一道瀑布升上悬崖
又在那里坠落深渊
粗粝的嶙峋纹理　硬生生
搓起温度
前额上喷发出来的光　熔化了
镜子和镜子里面的负重轨迹
并在喉头表层　冒出一片
烧过的残余烟缕

老人院

老房子

老化的房子
屋檐像爿指甲　沾着墨色污痕
墙上碎屑状的霉斑　变成
古老的蠕虫　在裂缝边上爬动
缠绕着我　一种不安或忍受
任由晦暗不清的夜晚
经过孤寂的脸

墙面像是废弃的衣服
膝盖以下的基石涂着苍白的月光
树影里的瑟缩叶子　连同枝梢
在地上旋转
这一刻　整座房子
夜复一夜潜入习以为常的深处
不再有轮廓
除了黑

风和岁月从并不显见的结局面前经过
耳朵里再无喊叫回家吃饭的动静
现身之处
只有裸露的砖墼
像在下沉　或在
掉落一些泥灰

仿真的假想

支着拐杖　进一扇深邃大门
不感觉犹豫　嘴像蚌一样闭合
安静而仿佛熟悉的通道
人影在光洁地面上交叉
视线没去注意缝隙中的灰尘
深入进去　或对
安排的理解
经过一个拐点　转向被指引的契约
并在出现的一扇门前　把它
看作一张正式的空白表格那样
用拐杖的笔
去填写
因为这里　可以看到原来的家和其他建筑
有许多岁数相仿的人　以及
很多照料
类似好处

老人院

残荷

隆冬一个池塘
残荷如同老式电话机上的话筒
从皱皱的手上　垂挂下来
冷清与星星的深渊
断了一切音讯

日出日落　费尽光阴的叶子
在幻想中枯萎或卷曲
详尽替代着存在的容貌或哽咽
使雨水　雪花　莲子的千只眼
衰歇
衰落
衰息
越来越干燥的感觉　像张低处的脸
黑得僵滞而又沉寂
浸透一片淤积的暗影

静止的空气中
残荷余音在无边无际中无休无止
在鸣响的耳朵里
落下零散的风丝

光里的雾沫

雾气很冷
如同一簇蕨草　从夜的废弃屋檐
飘然而下　白色的光泽
冻结或迟疑
变得有些黏稠

流逝或正在流逝的遗忘和目光
在额前如同滑过皮肤的毛毛雨
短短的一秒钟里
经过几年或几十年之久
像孤身一人　或双唇之间的默默絮语
连起左右两边房屋的一盏盏灯
光里的雾沫
闪出街巷挨挨挤挤的门牌号码
触到头颊
刷白了脸

这个夜晚走到路的沿河一边
摸遍冰冷的栏杆　雾变成了水
照见了星星
出汗的自己

老人院

永远年轻

一种心脏一侧的生存血色
一种肝脏一侧的代谢功能
我的肌体重新构造出来　骨骼加重
被称过或量过的肌肉　等同
巧克力形状的腹部
关心美　尊严和时间的呼吸　融入宽阔江河
如一条鱼　某种追求日出的植物
呈现出夕阳的绯红　和那
活力的清澈形态
这种诞生
自身血液的温热和环形时钟的自由
伴随了漂亮的绿树　鸟的斑斓啼鸣
使我足够的耐心　思考和所见的渴望
到了闪亮的时候　无限可能性
如同一个从容或不避任何眼神的人
永远年轻

更多的时间

从上空飞来
从钟表的齿轮声音中飞来
像此刻淋在下雨的街上　时间
是比沙子还硬的水
我变成一块陆地　或诺亚那样的方舟
进入一个地方　占据一些空间
净化磅礴的白昼　蜿蜒的长夜
我已不复原貌
觉得我的头顶　袖口和衣摆
在流下更多的雨水
形成了鞋子四周一摊汪汪水洼
并在六十岁这个暂歇的片刻
有了一种确定的精神
发现真正耐久的就是现在
是紧绷而适宜的一件红色旧毛衣　和那
延续下去的路或双肩
承受的夕阳

老人院

代替忘记

向年迈挺进
我感到平常　为此我在明亮的线条中
保持头发乌黑　没有孤零零的无奈样子
更没沮丧和喘不过气来
我干净的相貌　镜像还是可靠的保障
等值的活力和特征　躯体
似乎是根不变的撑杆　支撑着
韧性和高度　以及立足点的坚定
而一张始终觉醒的脸
如同一本牢牢装帧起来的书
六十多页　里面那些
天天跟我沟通的话
——微笑着的人类日子
的确符合现在的生活　并包含
一个稳妥的理由　两次找到的土地
或没有痕迹的路径
像在一片鞋子的脚步声中
以我洪亮的抱负　升起全城之上的呼吸
持续向前
直抵那二十一世纪中叶的结束

眼里的清晨

每天清晨
眼皮自然分开　我不欠夜晚任何东西
云如飞絮飘过　雨滴或再聚集
这个时候　清理眼睛池塘分泌出来的微粒
显得迫切和必要
使早晨的思想
重新跟从响起的鸟鸣
穿过一缕光线
触摸到可能的地平线　遥远或很近的位置人影
以及那些再想观察了解的事情
正像窗台上的一瓶牛奶
或洁净　原封不动
或被摔破之后　溅出一地四分五裂的白
似乎一切存在的载沉载浮
在通过睫毛的间隙和许多细小网眼
并谙熟
常见的
缩小或变化的人和现实

老人院

飘忽的清晰

从豁然　从透彻
从变化的光线中　我静止不动
像在一座面容的房子和圆形时刻中心
受到真正的哺育　在指针上
巧遇另一个傍晚时分的自己
透过朝外观看的窗口
发现偏爱的绿荫　那些树枝
串起无数逗号一样的树叶
正在试着覆盖一块句号似的
一半在土中
一半在地面上的岩石
上面明亮的光斑和裂缝处的暗黑
同样一半一半分开
仿佛一种空间　是我两个方面的化身
一边悬起憧憬
一边沉下模糊的阴影

进入

进入一条幽暗长廊
我打开一盏盏灯　推开两边睹视的窗
看到粉色的梅花　桃花　樱花和春天
大鸦鸟飞过
小翠莺飞来
带黄的钩啄或金黄色的羽毛　转换
眼睑里主观和客观的所想之物
白色的墙　升起　天花板压低
爆裂出经过年代的噼啪或嘎嘎声响
地面上积起的尘埃　脚印套着履纹
意味着一切悸动的继续
而我身后　大理石瓷砖光洁　一干二净
没有任何残留　好像
现在这个世界
呼入呼出一个人已经那么随便和恣意
轻于一丝丝鼻息的空气
仿佛自己的形体
只有坠落的时光与斜落的影子对话
包括扫视的窗外
那些花朵同样在绿色树丛中消融
在向冬季自然过渡
轻轻飘下纷乱的雪花

老人院

书

我一直在寻找一本自己的书
我的老花镜片上蒙着一层水汽　看不清
书脊上细小朦胧的字
那本书　插在许多神祇中间
或在柜子里书的横叠之下
模糊的一切　光阴繁殖了太多的虚影
以致我整整一个下午　断裂每一秒钟
在辨别
在焦虑和烦躁中喊叫
询问我的祖母和姐姐　或我的朋友
波复一波　遣散一地书籍
灰尘窸窸窣窣震颤下来
如同一个个名字的飞飑粉末
飘落在深渊的悬崖边缘
使我那本寻找的书
戴上了微笑
像在天边的近处青草角落里
扯动着潮湿雾气
以及印记里不断扩散的范围
擦拭的镜片

生活的自身

融洽之后
疏离　若接若离　完全脱离
就像在一场宅家的事件中
自己讲述孤独　堵塞记忆　晾晒友谊
半睁眼睑测量看窗外的空间
了解更久之后的年龄
倒叙同样可以折叠的时刻
走近栖在墙上的影子
这种体验性的变身或可怕时辰
一口杯里的淡水在喉咙口咕噜咕噜回响
变成嘴唇
薄薄的呼吸
而所谓意志出现　弯腰伏在
一本本社会学和解剖学的专著上
咬紧被自己充分学习但从未好好理解的下颚
在一盏灯下
浮上舌头的名字组成白色的光
如同旷野里崩溃的鸟之尖喙
闪耀在丛林的窗栅里

老人院

看不见的血缘关系

冬季的一连串月亮
照亮坐在街头一张长椅上的脸
所有询问除了姓　其他一切要素
就是黄褐色的颧骨　发白嘴唇和打结的表情
以及反复念叨的清晨
目光里
模糊的躯体　像是一片
更冷更凉的落叶飘在身边　而眼中
最深处的角落那里　美丽的亲属子女
在完好的一盏灯下闪烁
比空气还轻　如同一层覆着的膜
使宁寂街面　愈加暗淡不清
失去看不见的血缘关系
而凛冽似乎到了难以想象的僵硬
觉得那一瞬间　除了月色暴力　间或
一声回巢鸟鸣
此外就是风声　一些
透过树叶的毒蜘蛛似的星星

停留之间

年龄在一座陡峭的山上
步入云中　　白云飘上耳鬓
太阳穴里拥挤的血流被风
几乎捕掠　　心脏跳出岩石的肺脏
爬满脚边的苔藓　　胸膛贴着草丛喏嚅
一朵抽象的野花斑点
通过无尽的灰濛　　涌现五花八门的空白
淹没一座座过壑的窄桥
而侧面的山顶弧线　　依然成熟游动
更多山口之外的远山
如同被天空吞食的昆虫　　在白茫茫的云海里
浮出一根根羽毛
测量着
悬崖与峡谷之间的深度

老人院

风的呼吸

微微的　或四五级以上的风
都是呼吸　它分解
喉咙里不同色调的气流
经过大片舌苔
在出口处　在峥嵘的牙尖
或呼啸而出
或在洁白的山峦上　形成轻柔气息
瞬间的消融
它有时
使整个身躯变成一团火苗　与心俱焚
或如黎明之前的静谧
通向一株烟柳
或一朵莲花
一个微笑
而风的呼吸永远藏着千差万别的解释
它最好的一面　是那不愠不怒的平静
无论年轻还是衰迈
似乎谁都一样

哑默

把自己经历过的事
当成一张纸　放进篓里　是恰当的举止
像沮丧的衣服搭在熟稔的椅子上一样
过程中的动人东西
结局往往绝不动人
如同麻雀的翼骨　伴随飞行的结束
总是一地狼藉的羽毛
甚至风也忘了
闪烁的叶簇和一棵从沼泽地里生长出来的树
静静的哑默
全部的存在就是看一眼刺眼的强光
在时间中
蒸发自己的状态以及
现场和区域性的无声

老人院

幸福的人

我想我是一个幸福的人
或者比自己知道的还要幸福
但我没有麻痹自己　我在潜入各个角落
寻找不幸的存在
从一次羞怯的肌腱响声
一声咳嗽　一个烟蒂的臭味
或感觉上一颗葡萄干的脸
上了清漆的色泽
这似乎有些无情　使自己难堪
如同一种自我亵渎
或刺激
日积月累　过度的完美
使我翩翩思绪成了一个悬而未决的问题
成了体内永不知足的逆剥蝎子
直至绕来绕去
反复询问自己
我是一个幸福的人吗

在两种生活之间

难以置信
我看见一座从未见过的照壁
在门口　上面有我三句前世写下的诗
只是经过几十年的风雨剥蚀
字已模糊　笔画　结构　轮廓
都已变成一团墨块
成了一张张发不出声音的小嘴
我像在两种生活之间
在那个点上
我身体的细胞　眼睛　心脏　手和舌头
以及情感化的肉体和思想
都与那里有着亲密的关系
仿佛那个地方
是一处更坚固更安全的一座房子
我的一次突然闪光
像从中飞出来的一只振翅的鸟
在飞过空气世界之后
终将带着我的嗓音
再次折回　在那里
隐蔽起来

老人院

纽扣和日子

纽扣　在运用一双磨损的手
从早晨开始　逼近生活和衣服
排成行　摸索一天的环节和思维
在扣眼里满足日子的顺从
推动血液加速循环
于是鞋子的运动
就有了生命能量和程序的运行　所依赖的眼睛
缩小内心平静　触及快乐和烦恼
使有意义或无意义　懂得更多
或愈加昏昧无知
纽扣从不妨碍生存　它只保持一种期待
在凝视　倾听　了解中
随肉体和衣服穿梭
在悄悄靠近午夜时
默默变成一天的句号　跟渴望分开
然后在椅背上
宽松下垂
等待明天起更早的床　进入
这一年和下一年
温暖灰色的日子

茶色镜片

茶色暗沉
被扩展　如同冰冷岩石　或一栋
阴湿的房子　瞎子似的冷漠
厚实影子笼罩蹲踞其后的眼睛
在偶尔瞧一眼时
不仅像帧经过涂染的肖像
更是一片从旷野里冒出来的丛生苔藓
缄默
自负
而上面泛出的金色光芒　似乎
有种鸣响的灿烂
或称白昼梦
黑夜梦
或如一层薄薄而无法托付的同情与怜悯
在暗中
剥落繁茂的肉体　斜着
一根骨头
转过了视线

老人院

玻璃街景

在街头
在情节里一只蚂蚁在装饰的玻璃管上
眺望一道云彩　生出一小会儿幻想
蓝的红的黄的紫的光纹
健康均衡的绿色　愉悦我的年龄
无言或有言　三度视力
突起的复眼被行走的轴线吸引
在不动的光里
灿烂
忧伤
再灿烂
再忧伤
尖锐中变化　生活的群体特征
从向往的一枝栀子花上升起
觉得美好这一目标
总会一次再次发现
而羊肠小径　拉紧的透明的最初的雪亮
从天空到地上
集结的皱纹缠绕了我的脸和后颈
闪耀形态　仿佛是眼眶里的一粒籽
贮藏腹部　在移过
一座玻璃的山

低着头行走

低着头行走
我像在三十岁后　一跃又跳过三十年的空间
走在了六十岁的路上　风轰然掠过
从身体两侧汩汩流去
曾经我所看到过的一切
现在看我
每道交错的目光　仿佛
在看一座越来越老的房子移动
在几无生气的天空背景下
从屋檐上下滑一切白色
接近一片被抚平的青草
使有或不再有的光芒
变成碎渣
或沙砾
漫过抵达终极的土地　而被自己遗忘的行走姿势
呼吸像一片冰霜的云朵
仿佛从三十岁后　又跳过了三十年
突然在六十岁的路上
迈动着
称之为脚的脚步

老人院

背影

白日的光
两米宽的养老院走廊　出现
最常见的后颈　肩膀和群体的缩影
白花花头发飘上我的额头
抿紧了默默呼吸的嘴唇
两边椅子的脚　沿着窗台一排站立
上面的靠垫　颜色纷杂多样
吸附着
温暖或困扰的气息
惺惺相惜的细节和一种归属感觉
似乎无处不在　如影跟在身边
隐隐约约
大理石地面　釉色
如同一动不动的薄薄河流
拖曳着许许多多的鞋子和背影
使我自己像一个可疑的推测
在冰面上犹豫
没有声音

走在夜色的人行道上

时间沿着人行道直线移去
树和灌木　枝梢上升起月亮
似乎一千张从手指缝里飘过的树叶
只有幻想的花
是真的
电线斜在空中　又似乎不在空中
而已发生很大变化的城市　夜晚
是白天的影子　灯比金子还亮
一切悄然无声
一切拉远距离
被搁下的眼睛　或还称得上的资格
只剩下一种含混的凝视
并从一幢大楼的正面
经过它的侧面
直到月亮消失　道路消失　树丛消失

老人院

行为

皱纹仔细地叠在皮肤上
如同微型吸管抽取体膜内水分
凝成的褐斑　有意或以松弛的方式
让人懂得衰老　衰弱和衰竭过程
了解经过空间的有限年代
以致现在青灰色的天空
拖曳出了发脆的云丝
所见的树木和草地上飞蛾羽翅
也在眼眶里
干枯了光芒
觉得飘动着　呼吸着　滑动着的尘絮
年轻　美好　自信和感叹
以及遭遇的空寂或落寞
都在干燥的作用下　变成
顽强对抗的行为
试着用生存疗法　在一个或多个瞬间
列举出
各种可能性和念头　并呼出
一口冰冷的强风

子夜

透过一扇朝北窗子
面孔仰向天际　花甲之年的内心
悬空起来　树梢暗影　绞扭着
几片灰白的云

灯在最偏远的地方翻遍旧事
太多失去音讯的人　不会再有声响
缩小的楼群之谷　模糊不清
四周黏湿湿的墙
仿佛都有一个斜面　在滑下
钴蓝色的苍穹

时间慢慢进入深夜
一天或大半辈子变成一块窗子玻璃
隔开一切　终于到了
这么深的地方

僻隐的存在
窗子以外繁多的或暗黑中的灯光
在意识的远端　混合着
所有气氛和现实
证实了一个凝视什么而无凝视的人
像在穿过广袤　兴盛的大片草丛
回到一个
寂静原点
老人院

一种半步之遥的距离

经常在做老去的准备
在跨越横亘的鸿沟时　内心
只有一种间歇性的沉默
六十岁　七十岁
或更大年纪　收窄的眼缝里
无形的过去　演变成短暂的今天
天平上
一边放着太重的自然砝码
一边浮起单薄的身影

街灯总在一旁闪光
澎湃的沥青马路或温暖夜晚
在稀疏的头发间延续
日出或日落
日落或日出
脊骨一分为二　普遍的衰退境地
老花镜　知觉　惊讶
人行道　城区　城市
都在令人眩晕的皱纹曲线中
标志出变化

这种每天的黄昏　或来世的抚摸
一夕之间　耐心的距离
也许只有半步之遥
甚至不到半步

具体的人或抽象的地方

羞涩的新月
照耀一座羞涩的养老院
被夹竹桃的叶子　那细长的影子
引向不显眼或存在的地方
仿佛到了会合的时候
从大老远赶来的衰老与凝视
默默进入了身体
瞬间　脉搏每分钟多跳十次有余
心脏如同巨大的石头
带来了碾压的嘭嘭声响

而从不间断的美好　在加速更好
月色出奇明亮　养老院前的林荫路上
闪现出了
点点豹斑

老人院

屋檐下

悬想的一披屋檐和翠绿树丛中的老人
常见细节　平静在手掌大的面积里沉淀

太平淡的一朵菊黄小花
孕育出一阵小院内鸟的啼鸣　天空
仿佛生动了很多

下滑的夕阳一点点移过敞开的门和眉心
发出响声的嘴巴　吧唧吧唧
像在自言自语
或在吮吸
软化的果核

味道或由此突出的感觉
有人视而不见　或觉得天色越来越暗
而有人在把肯定带向极限　看到

世上黄昏或地址的变换
似乎都有一爿屋檐
坐着一个老人

凝视一只蚂蚁

蚂蚁在小巷的地上爬行
石子变成一道道障碍　被有褐斑的手
移开　蚂蚁瘦细细的脚
继续移动　迈着
高龄老人的步子
在气味定形的生活里　嗅动什么
或只是独独散步
这使一只注意的眼睛
慢慢变成习惯　变成每个早晨
同样的一种颤动
觉得模糊的小巷　和它
逐渐远去的一排排房屋
停留的瞬间
在驳落下一震的泥灰

蚂蚁或自己的躯体
每时每刻　也许都是低低的头颅
在简化
走慢的钟表

老人院

午夜一瞥

雨水浸透街面
钥匙形的水坑　熄灭了楼房的灯
寒冷的玻璃　藏起了
铁锈色的树丛和枝丫

汽车全部停熄下来
暗黑中的路灯重新想起自己的所在
低着头　吮吸着光亮

抽象的墙
抽象的鞋
脚步声尖得如同一根漫游的银针

偶尔出现的路人
躯体都像一个问号　手里
弄碎的钥匙动静　仿佛找不了
烂掉了牙齿的房屋

中场休息的时间

几十年后
进入运动场地吸取光线
老旧的球鞋沾满草绿斑点　红色球衣
挂在一棵葱绿的树上
茂密草上的阳光
猛扑过来
爬上柔软的外套衣褶
哨声发烫　球划出弧形的粉色曲线
堆积一起的人影　一层又一层
在空中扭动
变成一匹匹狂野的公牛
抬起着头

在一个远隔千日的凳子上坐下
汹涌的嘘声卷走天空　陈旧的草坪
纷纷跃动　又落下
颤抖景象
中场休息的时间无限延迟
太阳快速地
照亮了月亮

老人院

吸引力

黄昏的衰落　灯光的诱惑力在增强
旅旖潜入我的神经　绷紧松弛肌肉
头在往自己的身体里拽

看到了
媚惑和粉色的一根肋骨

在建筑路上

晚上九点的建筑路
柚子孕味　大世界电影　斐林克健身
神经砰砰跳动　发光的舒亦酒店
朗诗中央商城　替代了
钢厂和预制构件以及无数企业
媚眳时辰　击晕了
城区夜空

一盏灯就像一粒玫瑰色的痣出现
滑柔感应　更多看不见的生活　随着
高楼上的窗户轻盈上升
在有关气息和尺寸的脑海里
建立终身寓所

所有必须联系的人都在联络
天空的网络在交际的池塘中
深度沉浸
坚固的墙如同每个人的眼皮内层
眨动着　各自
私密时间

全景之内的光泽和色彩
把一角安逸变成一朵朵绣球花丛
延续的物质　金灿灿的繁盛　在凝视时

老人院

社会经济问题　仿佛
只是一杯热饮
一枚硬币　或是嗅闻的
咖啡气息

在三层楼面上

缓慢走上台阶
在三层楼面　踱步　坐着　躺卧
看暮色降临　天花板之上
重重叠叠的窗户　都是组装的单元
那些仿佛见过的人
从电梯上去　划出一道道
幻想的震动直线
浮在空中

抽象的人影
各种各样的姿态在各种各样的处境里
大腿漂亮迈动　心脏跳跃
动静里的动态
窸窣音　呃逆或谨慎的叹息声
在归于寂静时
薄薄的头顶楼板　仿佛
站满了筋疲力竭的人物

这种分辨不清的空间
习以为常　吸收的直接感觉
氧化着日照和灯光
而好奇心　透过一扇窗户
扭着向上的头
眼睛有了双倍的晕眩

老人院

生活的一种时态和联系

氏族里九户人家
各自从初冬的地方　汇合到
有光亮的门庭　这些桑榆暮景之人
穿过驳杂光阴　跨过生存问题
走到今天这一步
倏地出现了

像一座旧时老宅的砖块那样
排列出有序的年龄　重现了
低低的屋檐　以及那些
潮湿中的每一年
时刻和季节

仿佛透过一件年代久远的瓷器
看到了掩藏的光芒

而收缩的一抹光影和容貌
透过宽大又狭窄的交错窗户
一眨眼　黄童迹象
下颌和下巴
突出了巨大的褶皱

这种纯粹而简单的时态和联系
沾湿拇指的微笑　在扩展中
伸出的手
都在放大

在公交车上

时辰是条线路
人流从公交车的门里吐出　又被吸入
阳光移过黏乎乎的硬塑座位
两边金属片和玻璃片的建筑
如同光学陷阱
同掠过的交叉路口
缠在一起

好像无底口袋
新陈代谢　人和车在不间断地涌动

前倾和后仰　左右摇摆
巨大响声中的汽车换挡　加速或减速
无边无际的临时景色
像在抛撒渺小的身影

到站或下车的人
在时间具体到分钟的秒针里　分解开了
有力的空间

目的地似乎就在隐隐约约的尽头深处
那里圈椅一样的山
可以望见湖泊
聆听黎明和太阳的鸟鸣

老人院

衰老的一些习惯和征兆

衰老的征兆或一些习惯
是不由自主地盯视手表上的秒针
号脉　或用一根手指
压住牙龈上的脸颊　测试
是否牙疼

总会在街区的石凳上　亭子里
坐上一会　觉得周围越来越陌生
数千人朝着不同方向走动
路很长　房子更漂亮
转弯处不知通向什么地方
觉得身上的衣服　失去了
亲密的温馨手感和色彩
以及属性

敏感或是担心
随着每一次心跳慢慢蔓延全身
而身边经过的熟人　铭记在心
热情微笑
却怎么也想不起来称呼
这种上百万次的场景
没有任何痕迹

棋局

黄昏降临在棋局上
界河边　蹚水而过的老卒
瞥了一眼自己纤细的双腿

河里的雪已经融化
滴水更亮更透　闪烁的石头
压出缕缕涟漪　或在
轻轻跳跃

世界往前走了
几个老卒聊着屏幕和报纸上的新闻
发现清凉下来的空间和头衔
在沉淀光芒
两次心跳间的平静
氧化了身体和器官
让人看到的笑容
不是眼睛　而是脸上
发亮的皱纹

这些说着积极事情的老人　变成同伴
许多相似的表情和内心
仿佛都在界河边的位置上
等待着明天
更加美好的日出和日落

老人院

窗架的影子

窗架的影子
打开了地上的一扇窗户　瓷砖上的纹理
变成一座山麓　山坡间的花
荆棘丛中的岩石　一棵崖柏
都在方方正正的形状里
悄悄移动

这突然浮出的空间
在一面面大楼堵住真实的窗中显现
影子带来些许生气　鸟鸣
像阵风　像天上的流云
变成青翠的大地深处——
一束亮堂堂的贝珠色光芒
同房间有了自然和通透的联系

窗台上的盆栽仙人球
投下一个碾压的暗影　那个点上
山麓少了一角　而当一切飘浮起来
挡住所有的光线　瞬间的房间
就陷入了完全的黑暗

时光

每天一束光　瞬间过去或停止
只在穿过夜间一更
或不多的清晨

弓起的身和腿　合紧细微的风声
像只默默的蟋蟀　被一口喘气
模糊了一面镜子

抵牾着
心生厌烦和热爱的脸　四周的静谧
淹没了一片叠加的沉积

时光比墙上的报纸更薄
脑袋里的钟摆　发出了一种
震耳欲聋的响声

老人院

回归旅游的核心之路

梅雨下个不停
我已完成另一场旅行准备　轻便鞋
从牛仔裤里露了出来
核心之路　像鸟儿一样
在远方闪烁

最美好的目的地是最清楚的方向
回到重新开始的过去　开始
走向将来

鸟声透过树上发亮的叶丛
枝干的梢尖　天的那边　山的那边　篱笆那边
偏远乡下或无声的村落　飘来
蜂蜜和干草的味道
出现的山谷
坡脊层层　拢出一块平坦的小院
光线变得明晰
震撼着房屋和一扇门的木槛以及
四周原始的森林
寂静如初的凌晨

雨滴增强了山和树的亮色
可能的明天　也许
正是所在

盘旋

日常渴望的东西
无法说清　如同窗外藤蔓的细叶
窸窸窣窣的影子

玻璃上移动的光点
穿透发光的植物缝隙　很快
变成一道青灰色的长痕

居家的翠鸟
脖颈透过黑黝黝的木条
升向了高飞的云朵

这种一次熄灭一次呈现的颤动
寂静像一声很远很远的啼鸣
吸附着耳膜

生活是一片诚心的落叶
所有的一切　只是
为了盘旋　飘落下来

老人院

愉快过程

镜照的晚年
和任何人自己的过渡和完美　我想
大家的默想一模一样
趋于一致的简洁明澈　幻想时刻
是那
感染眼睛的月色
胸膛里洁净的房间
一件无瑕的衬衣　一处广阔似床的海岛
或一次模拟跳伞　一次冬泳　一次滑雪
或一茗香茶　一茗悠然　一茗微笑
以及听话的脑袋
服从的肌腱
这些体内合适的诸如此类
我想　大家的心脏都是一头野兽
在从幻想之巢
跃向真实山脊
并在岩石之上坐看云朵的桃子和日出
万物涌起无垠的葱茏
而当这种愉快过程成为确定的行为
那么　我们所拥有的坚韧
就是一种时间的倔强

距离或看老

我的身后移动着一个年轻人的影子
我每天行走一步　他迈出三步　或像风
我缓慢　他加速　我们之间的距离
在缩小
在连接

就像声音　我由洪亮降到低语音区
他保持激昂　拖曳出沙哑　喉咙像在沉没
这种肺腑间的区别
也是一种接近

再如皮肤　我的蜃景穿过云层的鳞甲
皱纹如同绿色树丛留下的一叶茎脉纵横
而他昼夜兼程　献出自己的衰老
包括抽干水分的脸　以及
失去弹性的唇角和眉尾

现在　他以一次跃动的姿势
进入我的影子　浸透了一种构成的沧桑
跟我的预感
快了十年
而他　从我身边忽闪向前
又因为风速
拉开了距离

老人院

悸动

打瞌睡之前
你睁开一只衰弱眼睛　告诉我就一会儿
说时间长了　噩梦就会绵延不断
甚至还能
串起以往情节

还说窗帘不能闭合太紧
要让外面清晰的空间
粗枝梗茎的树丛或上面的花朵
透入一点进来
因为光线
是最好的时钟

椅子的扶手轻轻夹住了你的两只胳膊
嘴角像是做好了平衡的准备
划出一道唇线
微微颤动
停顿了呢喃

而我必须记住
片刻之后需要弄出窗帘的滑轮响声
把缠住脖子的梦　沉入的暗黑
松卸下来
休止自己的悸动

遮蔽

不能再说无穷无尽了
时间如同沙化的湖泊
躯体是一缕发白的波纹
微滴似的太阳和月亮
被干燥的手轻轻一拭
就没有了

很多衣服轻了一些
粗粝的风如同自己一层皮肤
在远方巢里出生的雏鸟
明天就是今天
一日衰老　每个人
都是一粒被遮蔽的尘土

日子是种越来越少的权利
它只攻击老年人　在把
落叶与躯体的天平　放上寂静砝码
平衡的分量
只有枯黄与白色的区别

老人院

中间

我的手指
摩挲光秃与浓密之间的头发
像在一片开阔的稀疏林间流连
目击一切的鸟在灰白的缝隙中鸣叫
一丝又一丝风
进入空旷之地

一半光芒和一半的影子
调合着我的正面和反面　凝听心跳的手掌
像在掩饰自己的胸膛

仿佛一片区域一个人的里程碑
前方一轮发白的夕阳如同一只空的盘子
正在还给自己

就如此刻
我在一块歇息的岩上左右眺望
看到一边是远古海洋
一边是敞开的荒漠

静止不动

树叶显示的影子
在小溪水面上静止不动
坐在其中的石头　水岸和两边的楼房
不眨一眨眼　看着远处的野鸭
在默默的嗓音中呼吸

我用一只眼睛凝视我完好的形象
另一只眼睛从另一端斜睨过来的光晕中
看到自己
特定的宁谧时间

落下来的云
如同一枝绽放的盛大花朵　变成
一幅野兽的衰老草图

日常的一瞬是春天的秋天景象
或是早上的傍晚　频频交替的时光
同样的现在
同样的路径
这一刻　我没有任何意图的站立
我的外形　像是自己寻找的
一座塑像

老人院

不会老

风刚刚诞生
更多叶簇就张开了耳朵
叽叽喳喳的鸟鸣　如同一场雨
在一把伞下
淅淅沥沥

不会老　树丛中飞出的一只栗色小鸟
像是一股移动的涌泉　穿过了
云空和尘埃

身体从一棵树上生长出来
交叠一起的思维叶子　落下的影子
堵住了地上
一道深深的裂缝

而抬起的头　所有全心全意的光斑　如同
来而往复的蹁跹蝴蝶
彼此
不避眼神

不会老　观看是一种心情的加法
放在眼里　或许可以
矫正老花的视力

开始

想起　又突然忘记
视力加厚一百度二百度三百度的镜片
头颅里某些粉色　正在变白　正在缩小
围拢过来的寂静　开始
一秒钟的断裂
震颤着有些症状的神经　以及
每个念头　每个感觉　每一次的敏锐
这种变化　看起来
渐渐沉寂的居所
只在裹紧身体　婉拒一些氛围的联系
把思想的稀疏眉毛　看作
晾在窗玻璃上的一缕光线
而实际
太阳穴里血液流过的声音　就是
耳廓松垂的形状
一个渐老的人　无人知道综合衰变
更多过去的脸或所见印象
总在一次停顿之间
使同一个人同一样的生活
变成了两个人的集体

老人院

立足点

抽屉深处的记事本子
远离核心的失眠和疲惫　立足点
渐渐暗了起来　每一细节
和历历在目的场景
好像更适合
谙熟的桌子

如果还原过去
悄悄进入一张卷起的纸页
寻找种植在里面的一缕月色
那是一种沉入　背景里从来没有
一声鸟的啁啾
以及任何一秒钟的回视

立足点是自己一只手的地方
记事本里的字在抽象中
纷纷垂落　像是一个时期
在脱离一个时代
丧失了自己功能的器官

鱼和人

鱼在人形的水塘里
在迟疑　在消除不安
孤僻的卑怯或暗淡身子
波纹如在平缓的腹鳍之间涌现
在一簇轮廓清晰的水草边闪烁
轻盈漾动的鱼尾　像朵
三色花瓣

它在人影里
嘴唇上的一个水泡　挨着水面
明白了美的景致在四周安静旋转

清理干净了渔网　饵和钩子
鱼的眼睛透明　相互之间融合的目光
以及扩展的所有　全部　泛
在做成一致的肉体　　以及沉思的审美
和波纹

这一瞬间

我或许活在两种生活里
比如这一瞬间　一条无关紧要的河流
它的长度和宽度是美丽的　光点里
漫游的五颜六色的鲜花
如在一条弯曲的路上
形成光芒
觉得河岸是种永恒

而另一方面
岸上一些人在两顿饭之间
总有千奇百怪的声音在浮沉
在朝我聒噪时
失去面孔和许多肢体
似乎在从天边飞来　隐而不见
踩中了我的虚影
或我自己的空白

悠闲的小径

悠闲小径
如同脱离气压计的一根指针
斜着穿过晨曦和安静的树林
发芽的鸟鸣　萦绕一滴露珠和一片叶子
飘起黎明之后
窸窣响的雾沫

三色堇或万寿菊
低低散在一朵不知名的艳丽花朵一边
像在那里经过层层叠叠的日子
在所处之地
放下眼睑
小憩下来

人终究不是何物
街上扣紧衣服纽扣的人似潮涌动
在朝着一种方向航行时
丢失了舵
而我如同一根气压计的指针
在刻度上　回到了
零点的水平线上

老人院

熟悉的过去

无论场合或经历
还是金色的环境　熟悉的过去
都在重现相似的人和所知的突发事情
飞蛾扑向强烈的光芒
体形走上彩虹梯子
往去往来
述说着总有的灾难

几乎头发和眉毛或胡髭
被照成红色　过程中的烟草味道
几经薄荷过滤
依然那么浓重

距离让人感到一切的真实和真诚
飞蛾像在连线的一道光中
轻巧飞扬
轻轻落下

如同一片现在的草丛
搁下来的石头被一双寂寥的手搓揉
闪出一丝丝乌黑发亮的光泽
似乎清晰可见
却已发白了

一次摔倒

向前　向上或向某个深处
走得艰难　脚底在沙砾上打滑
向后倒下　手掌上涌出的血液
无比鲜红
疼痛的腕关节和咬紧的牙齿
像是不忍睹视的负担
绑在身上

疏忽似乎就是一次瞎眼
天空出现一片白茫茫空荡荡的云层
四周动静凝滞
而远处几声吠叫　回应着一点讯息
呜呜嗥嗥里面
仿佛吐着舌头

步履变得有些蹒跚
觉得恍惚或年迈的词语与嘴唇
又贴紧了一些
前额上一绺头发　垂落下来
在震颤
和哆嗦

老人院

旅者

我自远方而来
新生于夜　鸟的双翅在我腹上展开
像在飞向更宽阔的地方
知道终止的终点　那里
遍及荒野之美

我一直在把远方的春天
当作唯一的方向　在凝视
绚烂和芬芳的花朵　潺潺溪流
绿地　山峦　树林
以及月亮太阳和所有深处的时刻
以我的旅行
变成一片地域　并为自己
修剪指甲
一如我现在　保持飞行的平衡
领着自己经过每天的日子
在重新吸气时撒下黑夜
从早晨出发

在路上

鞋带断了
剩下我一个人的鞋子和路
我寻找新的鞋带　　在拒绝
白色的　　黑色的　　或像彩虹一样的颜色
边缘的一棵树　　　也在
不知何处的地方
原来的色泽不再复归　　鞋也人非物非
我确确实实用过一根稻草
也试过一根纸绳
再或蜘蛛的丝
但都因鞋子过于沉重　　或因我趿拉的身躯
使我停滞不前　　使我缓缓倾斜　　靠着树支撑的一面
而一根垂挂下来的绿色藤蔓或青茎
几乎瞬间
一线穿过了我的鞋孔

绝妙常常在于合适
在于一种柔韧

老人院

对话

你疲惫而平静吗
我一直在凝想自己的名字　或忘记的姓氏

你曾经开心或玩得疯狂过吗
马马虎虎　很少看见低处的太阳和月亮

你有值得回忆的人吗
她们溜走了　躯体如同海绵里的空气

那么　你做过什么重要的事情吗
我老了

约定

我的年龄是一个少年的五倍
我想跟他约定未来　在憧憬的那天
再次见面

他将穿越我所经历的一切
或经历我从没经历过的奇幻世界
紧靠我的傍晚

我和他都有飞行的时间
都在搅拌昼夜的希望和不安
以及皮肤上滑过的云和雷声

他在为一枝不可思议的鲜花而活
我在献身　一天二十四小时
都在消耗不再很多的日子

我俩偶尔发呆
我斜过自己肩膀看他的轻盈
似乎有了一种唯一的慰藉

而终极疏离
我在想　他那时的样子
是我现在的延续　还是完好如初呢

老人院

合金

在耐心里
每秒每分　或者几年　几十年
被氧化的合金皮肤和五脏六腑
变得沧桑——颤颤而出的黄迹斑点
像古老的沼地爬类小虫
占据活泼的毛孔
脊骨一分为二　区分现在和过去
走样的曲线　低着头行走的时间
重复着　在某个拐角地方
收窄视线　落下翱翔的光泽
白昼已非昨天的白昼
干的睫毛
掩饰眨动的眼睑
而一切随之而来的谨慎或反应　小心起来
仿佛到了重新估价自己的时候
细微的明显之处
镜子里那些警惕的稀疏头发
染上几十年　或几年　每分每秒的白
在靠不住的额前
轻轻飘离最好的回忆
闪出秃秃的微光

在人群间

当苍老与年轻的目光交叉
眼睫毛蜷起一场日落的涣散虚景
悄悄变得凶猛的白色胡髭
覆盖静默和松动的牙齿
下沉的感觉　风吹一样的时间
许多无法做完的该做事情
目标或什么关联
仿佛只剩下一个房间一块
着陆的脚垫
以及嶙峋的足形或筋骨
如同城市里的外人
一边绚烂的建筑　光线　响声衍生衍化
一边柔和的室光黏滞
窗里若隐若现的组合地带
所有步行和疾驰的人
都在飞飏尘土　朝着衰老的方向坚定推进
将各自的躯体
带入轻便而又蹒跚的鞋子

老人院

诘问

路在房子和墙的尽头
在黄昏的郊外终止　踟躇徘徊
树丛堆积一起　一层又一层绞扭
生起冷飕飕的野风　心脏中的一声口哨
丢下魂迷魄荡的往事
这时　眼前只有一个敏感的天空
鸟从飞行中拐出一个直角
新的视线和山冈
像在穿越
冷峻而沉思的河流　树丛　小径
用力之翅
感到健康状况良好
每分钟里的羽毛如在风中变幻形体
在与自己的目光相遇
浓缩一切忘记又不能忘记的鲜明
这种潜心　日出日落
坦诚和单纯
殚精竭虑　而这　又是一次
确信的存在吗

惊羡

八十岁老人　墨镜　皮裤　热辣辣摩托
花白长发披肩　精瘦　臂膀没有遮挡
瞬间的闪现
像阵风　更像
缭绕的炽热气流
手指项圈　变成一种蓝色的美
腕上柔软的装饰飘带随风飞舞
光光的脸上
急速行驶的冷峻　使一眼望去的城市
成百上千的辉煌金属物体
都在推波助澜　仿佛
沸腾的精力
靠着背部　分置双手　脚尖的感觉
形成了血肉不可分的部分和整体
使其他一切　变得毫无细节
落下一阵光线

老人院

问好

城市稍加慈善起来
宽了许多的路面　养老院从幽深的小巷
坐到路边的院子里　在下午的光中
白色的墙体变得安详明亮
使一幢楼房的现在——
区别以往——不再萎缩干瘪的脸
敞开大门
在预期中吸入潮流
就像窗子里的脸　晾架上衣服的褶纹
都是一种隐含的问好
飘来的呼吸　飘起
相拥而动的衣角和窸窣响声
可敬的一致性年龄
让自己片刻的站立　踟蹰而迟疑模样
像个半路经过的落单孤影
看到沿街的玻璃上
灯光骤起　被分解的面容
在为感觉上的目光所净化
使得一座建筑　某种影响和轮廓
仿佛留存好了一个房间　那里
似乎可以称作
空中最初的窗口

看一个邻妪注意到一只衣柜

过了楼道　走进一个房间
怡人的角落　衣柜畏缩在光栅中
铜攀生锈　镜面的珠光荧粉剥落
墙体成为一种依靠
起居室一边的疏懒生活
像猫以温暖与柔软在延续
一个人裹成橘子
光线在氧化发黄
琐碎步态和颊上抖动的话语
凝成深深眼窝里分泌出来的微滴
窗外的枝头垂下　夕阳趋近了一丛灌木
不修边幅或松弛的臀部　颈项　大腿
消磨了所有线条和色彩的闪烁
唯独衣柜的几丝裂纹　在透出
藏匿的气息在经过
我的鼻尖

老人院

记忆

初冬一个美好的夜晚
跟一群人或内心的时辰一起度过
星空变得透明　辨认出了周围环境
舌面上的话　像从人行道上
捡起的羽毛　唤醒
一垛白墙
停留过　间有色彩　如同弯曲的小巷
延伸到北端的一扇窗户
巷口犹豫不前
心跳从一条大黑狗的吠声中惊慌穿过
默默后退
四十年过去
令人难以置信的年龄
活到了一种完全的镇静

人……

人……
最后一次的声音很小
这种现象　经过无数春秋
嘴巴两边的皱纹　对称起来
如同一个巨大括号　里面的喉咙
像扇门　减弱吱吱声响
在轻轻关上
仿佛非常安静的空间正在幻变
出现的佳境　光斑
蜕变成瑰丽的蝴蝶
掠过盆栽花丛　看到云和天空融为一体
脚步迈上了群山三级台阶
而随着咫尺的远方临近
静止的悬望
新的存在　变成了一缕絮语
模糊的　结冰的河流

老人院

四月

暖风在脑袋里盘旋
田埂上闪出一朵淡黄色的蒲公英
宜人城市　或弧形的沙滩海边
正是脚
掠过道路的时候
在大多数照片里许多人站过的晨曦中
看一次日出　敞开
冲动和令人吃惊的呼喊
使震动的声波　找到一只海螺
拢住嗡嗡回音
并用收集和存贮的海桐花
盖住岬岩　隆起
心脏一样的礁石
而远远的鹭鸟
飞过山林　旷野和小径
回眸眺望之处的田埂或共同的时间
像已
先期抵达了

诫子书

简朴和节俭
如同羞怯的一道牙齿狭缝
更像一棵空心树的枝丫　掏空了蜂巢
物品一夜变旧　喉咙里的唾沫枯竭
修鞋铺失业
缝纫机生出残骸的锈屑
而羽裳在霓虹灯里形成带潮的盲眼
太阳照亮芳香的橱窗
迫人心弦
一枚硬币　暗示了一小块铜锌的资本
缠绕指间　总是依赖的过去
如同一颗雾状的彗星
闪动出无限过去与未知之间的裂纹
使走快的钟表　抖落下
牙齿咬合的喧响
以及　多少次想说的
尖锐刺痛

老人院

一汪匙形水洼

雨后的养老院傍晚
地上积了一汪匙形水洼
折射出婴儿蓝的天空——有牛奶的味道
葱绿树丛和一幢楼房
间隔开一垛春天的墙
微风浮在水面上　涟漪浅浅
慢慢交织身临其境的生活或时辰
出神入化
天色渐渐变暗　没有小巷
不见倾斜的房子　一把抚摸的钥匙
在掌心
闪在安静坐着的回廊边上
抖动时　如同屋檐坠落的水珠
有了一种
震颤的响声

半年左右的时光

从楼梯上下来
接近地面时　在台阶上喘气
你说　视线有些模糊
甚至影响呼吸
捏着扶手的指关节发白
我注视你
楼梯已非楼梯
半年前半年后　像一张树叶
绿色在上
黄色在下
脖子之梗显得细了
肺　肝　肾和心脏缩小了体积
伸来的一只手　变成一瓣揉皱的纸菊
像在忙着完成又一次渴望的飘飞
而我的全部感觉　或者
瞬间向前的身体
形成的风
仿佛吹动了你轻颤的身体
以及头顶上不见的白发

老人院

传承问题

传承的影子一滴一滴消隐
鸟在盘旋而下　在硗薄的土壤上啼鸣
穿透的光　谦卑和内敛耐心
像说过的话语　变成
房间里静到极致的一把椅子
沉思默想
钟鸣鼎食或筚路蓝缕
两种不同角度的冲突　悬挂于针尖
戳破喉咙里磨出的水泡　苦液流进胸腔
精神或一千种类似于事物的衍变
反应——僵滞　反酸的气嗝
严峻远景
自己的脸一半一半割裂开来
分开了两只眼睛
以及
带心脏的
不带心脏的身体

山里的无形之影

竹林边缘
黏土之上的静谧变得很绿
朝露在一片想发出回声的空间闪烁
天空纯净　太阳醒目　灿烂的一天
蓝翎和黄雀　穿梭蚌的河边
夹在山坡和篱笆之间的硬壳路面
那里　与恍惚间的村落连在一起
似乎还有一扇轮廓不清的门
正在打开门闩……
年代已经久远　门槛干燥
藏在鸟声中的房子和日照　树枝
掰开一扇辨认彼此的窗户
凝成一个后代的无形之影
而胳膊或一只手的距离
眼睫毛上黏稠的目光和上升年纪
使紧抿的嘴唇　粘住了
沉浸的光线
更多的唔哩方言

老人院

有点老

在年龄初老的边缘
又有一个诗人因病死了　年纪很轻
四周静默的环境　一截山峦
穿过城市的楼房空隙
弓起背　肩胛骨像在摇晃
颈间挤出一声来自遥远的喉音
冷峻而又低幽
这种惆怅　也许谁都一样
如同烟缕　从一个头顶蹿到另一个头顶
蔓延出一股黑烟　乱飞的纸屑
遮住旧有的日子和过去的朋友
感到一天
既是一个荒芜的昼夜
又是一个树木特别葱茏的日子
像在桥上
一边望向西外的云
一边站在下坡的人群中间
分辨熟人的背影
测着
彼此的距离

夜窗

在夜窗前面坐了多久
天空与过去别无两样　只是眼睛
看到了所有年老的那些疾病和孤单
月光晄白
阴影感染树的分杈
没有契约的身体
衰老的模样在瞳孔里站立
神经突然绷紧了屈伸之间的整个居所
椅子嘎嘎作响
过敏的皮肤和四肢
怪诞地出现隐痛或微痛
觉得眼前的窗　包含的空间
见到的东西
只剩下眉毛上
一条没有影子行走的弯曲小径
路过的猫　移栖在灌木丛里
抿紧了
嘴唇角上的一线微光

老人院

秋

沿着往北的路行走
六千公里过去　到了从没标注的地方
暮色渐浓　双脚踩上默默枯叶
涌流从体内升起
溺于自身
在喘息的一秒钟里　在池塘边歇息
水的波纹和路上人影同在
在相似的潮汐中朝着一致的方向移动
被远方目的地所指引
那里　躲入野草的风景绮丽
石头没有任何脆弱和黑暗
所有抵达的人
不分男女　掌心里开着一朵莲花
闪出熟悉而又亲切的光泽
诞生着　彼此纯粹的交融
万物归一的安静和深邃

虚掩之门

如果真有那么一天
把我送进牙关咬紧的养老院
我会凝听雨云流过檐沿的声音
回想鸟飞过楼群的粉白痕迹
记住窗玻璃的重影
在跨出一步时
遗忘隐秘的疑虑　紧张和恐惧
以及自己对自己的痛恨
并在卷起的一阵风中　眨一眨眼
用微滴伴湿进入瞳孔的沙粒
然后手拽袖口
轻轻擦拭

遥远日子　天空有片相缠的云丝
暗淡的轮廓像是掌心里的皱纹
纵横交错　清晰可见　变幻昼与夜的光色
使我坐着探向宿营深处
看到眼前的墙壁
开出了一扇虚掩之门

老人院

老年证

到了领证年龄
服务大厅的玻璃门上　一个影子
诘问着我　你像个老人吗
反光羞怯地颤动　太阳偏西移动
云丝像是繁茂的水藻
形成黄昏的漩涡
飘起的一点点风
掠过静静下午　落到马路的右边
看到左侧的自行车　抬着丰翘的头
疑问未起一丝作用
接上夕阳的眼　沿街的房子和窗户
吸附了一层厚厚的光照
而在拐角处　熟稔样子显得那么敏捷
携带着最初的可敬年龄
上了第一趟
免费的公交汽车

物化

年迈的人大致幸福
智能机器人一直侍奉在身边
每天　陪伴聊天　查询　解答和交流
绽放天真而伶俐的笑容
关心着谁是老人
没有孤独
盈盈话语或人间无限人性
环绕了浪费一生寻找的如意和美
使得普遍的观念和郁结的寂静
被童贞所净化
所融化
日积月累形成的宠溺
慈柔的手　一遍又一遍
爱抚抽象的疲劳　疼惜的前额
觉得亲情一切别无两样
熟悉的情绪　渴望　眉心的温度
以及含辛茹苦的悸动
全在容纳的手掌之心

老人院

沉思

沉着　是蚌　而非旷野
空气重了一点　月亮如珠　含在内心
飘落的白雾　缠绕窗前湿润的树木
交替潜行　穿过繁密的枝梢
不明白
此刻为何如此安静　没有一点儿声响
鸟的踪影也消失得干干净净
甚至灯都不亮
一片静默
仿佛所有光晕都被自己消耗殆尽
人际关系　在纷杂的变化中
像用灰尘擦过了一遍瞳孔
仿佛需要这个时刻
对自己过滤　重新确定一个梦境
从容地凝视夜窗的玻璃
直到里面的一双眼睛
闪出光来

重归幸福

我又重归幸福
嘴里嚼着一粒桃肉　找回住所
横跨了一座或几百座城市
祖母像瓣白里透红的含笑花朵
在藤椅里默默嗅着自己的馨香
在回转身来时
我的脚在鞋里站停
低语轻柔地抚摩着我的耳朵
如同
心
和
手
慈颜熟悉　融化年代的梦
相应的陶醉　似乎与脑海里的怀念相遇
瞬间　又被
邮差的一阵清脆铃声
带向烟雾蒙蒙的小巷
使我惊呼　举起一封忘了捎上的家信
垂下前额上的一绺头发

老人院

新年

腊月三十的钟表
时针用力一跃　进入零点境地
空气脱离往年　天空绽放出藏了四季的声响
被烟缕擦亮的闪光　穿街过巷
在经过身体之房的窗时
增强起来
延时后　凌晨搜集的所有暗黑角落
仿佛都已撕碎作废的
过期纸片
吹走了时间上自愧弗如的痕迹
而钟表新的微音　像在放大知觉上的震动
开始了纯粹的　有意志或并非如此的
步伐角度
重复又一年的瞬间
使得触及的自我之地　很多一切
似乎形态之上的有力祝福　惟有
新年快乐

元月一日

永远看到这些树叶
从上一年的最后一秒落到元月一日地面
我的手指捻上梗茎之间的黏稠汁液
如胶如丝　粘上一长串的默默动静
或无色无味
或纷杂五味
光泽显得微黄　在被无限拉细时分开
延续的维系
使一边的形状　变成什么　很快忘记了寓意
而另一边凝成的晶莹星点
仿佛
从中又看到了一棵树的一万根枝条
在转动　响出窸窣动静

老人院

老照片

腼腆　向日葵的笑容
稳坐中间的人慈眉善目　后面附加一排
贞洁之躯　眼睫毛萌动
头发唤醒了水的润泽
我在左
常常右
很瘦的天　舌尖时时碰到上颚
牙齿露出灯光的白
（现在　我居中而坐　银发如散飘的烟缕
简一家庭　脸悉数到场
如同一梗三四片叶子的树枝）
底片上的日期或家族背景
似乎没有孤单老人
更没罕见的疏离
屋檐下的话语　声音　气味　节奏
如在契约中沉淀
哪怕一块墙皮剥落也能发现一个周期
并在补缀中　抹去差异
回转
完整的空间

某一次的散步或停歇

那些活过七十岁的人
在溪边与自己的影子巧合
空气中的味道　同秋天或黄昏的颜色
一起散开　树木缩细了枝梢
落叶沿着螺线飘动
许多的我
暗自微妙交谈　在一座几曲的栈桥上
看自己分离出来的模样
水在描述停歇的波纹　滞定的鱼
鱼尾碰到一块沉陷的石头
瞥过几眼
那边的叠影和单影　仿佛
同样静止了片刻　不分彼此地
在把额前的散发拢到季节的背后
而溪间冒出的通黄水泡
贴着岸边　天上匆忙的白色云朵
正从它的底下　悄悄
流了过去

老人院

自画像

眉毛朝着眼睑
俯冲下来　向我点头　深深地吸气
我知道了躯体的弯曲

稀疏的白发
突然纤细起来　如同一缕收干的荒草
弄乱了脑袋和思考

到达眼睛的夜
变成两只沉寂的黑圈　在填入
更多皱纹和模糊的灯光

而脸在被自己整体嫌弃
在鼻尖上　降下
气息的潮汐

生日蛋糕

一朵洁白的云
蜡烛捧出一盘敏感的火苗
曾经背景里的房子和人影　更多芬芳
切开一座城市分离的居所
见过的祝福和祈愿
变成一滴孤寡的蜡油
凝结成了
白色的软脂

蛋糕翻卷醇厚的云朵
一束摇曳的红光轻轻失去回响
飘散了细滑的蓝烟

老人院

六十岁

六十岁日甚一日
决定态度的早晨　太阳
依然是重于一切的保障

同样　季节转换
某种默然而柔软的蜕变
更是一次可靠的纯粹

经历保持了姿态
褶皱里的纤维变成一件旧衣服　洗过
三遍　依然有着日光的镶边

而窗前的树
叶簇四周的轮廓和景色
飞过的鸟带远了明亮的视线

生命延续或一个起点
光阴的长度　就是一头浓密的头发
渐渐减少的过程

每一年的一只眼睛
六十只或更多的眼睛穿过墙体
黄昏好像是只拱起的猫

黄昏的路口

黄昏的光路过街口
一个病态的老妪瘫坐在轮椅里
等待着信号灯变色

交叠的腿瘦削
姿势虚弱地斜倚扶手
毯子从屈服的膝盖上滑落下来

我的眼睛
瓦解一秒钟的冷漠
用身体靠近自己跳动的心脏

在弯下腰去时
像在美好的事物中捡起一个微笑
尾随一掠而过的勇气

老妪像黑夜一样的手
摆了摆白昼最后一缕光线　脸上
怒放出了刺痛的皱纹

我形式上的纯洁
像在移过一个深渊的世界
在恢复一种平衡状态

老人院

这一年的冬季

这一年冬天到春天的日子
我坚实的脚从中年的鞋里抽出
仿佛硌了一下石子

看了看脚踝
胫骨上的肌肉依然在翻滚　延续着
每一天滋养的脚步

迎面而来的路
冬天的风在陌生的一道弯处
快速地拐了过去

像在季节的断裂处
一边疮痍的墙壁都关上了门
一边草色有了变化的状态

如同每一块移动的卵石
在行语中慢走
在抵达间或的轻盈

眺望

没有动静像有很大的动静
被树割碎的微光　在身边落下
带来左脚和右脚的声音

眺望的身体　日子与焦虑
疾病和恐惧失去沉重
变成一缕纤弱的孤寂

干枯的舌头
缩进咧开的嘴巴　融入肺腑
遗忘了要说出的话语

感官一个接一个封闭
久经日晒的窗或雨淋的脸
像花岗岩一样沉默

而太阳照样升起
树木郁郁葱葱　美好的样子
鸟群及鸟群的子孙在远处出没

老人的心渗入天空
每一天的缺憾延续每一刻子立
窗户长出了一根弯曲的脊椎

老人院

纸船

几只在今天这里的纸船
顺着时间的模糊地带航行
保持着三十年的距离

这些肉体造的纸船日复一日
经受风雨　走向无形的远方
在渴望变化的现实里
爱上一半自己的世界
一半这个世界
在穿过浪峰和浪谷时　从不改变方向
并将经历的场景
一天使一年丰富　一年使岁月
进入内心气候
使镇定的风和无数眼前的礁石
变成日出或月晕
照亮翻滚的水面

纸船记下每一道波浪
在起始　延续和结束中　抵达
这一刻或那一刻　长出
脸上粗线条的皱纹
而最先抵达彼岸的船
又会在黎明的晨曦中折返回来
在重新出发的地方
再次远航

场景

当场景清晰出现
穿过硬纸板竖起的灌木
在一只塑料小鸟的翅膀下走过
欣赏春天的微风
看到养老院聚集一起的老人
都在戴上头饰
确认自己的角色
这时　婴儿的哭声响起
一个老人宣读庄严的夕阳感言
更多的老人拿着巨大的奶瓶　从灌木丛
回到焦渴状态
喝那个时代最奢侈的牛奶
发出喃喃的咕咚回声
相互盯着的眼睛　眨眨眼　眨眨眼
觉得都在一个早晨
被白色的汁液淋湿了

而婴儿的哭声
如同日常里的背景音乐　温暖地延续
在穿过场景时　看到搭出的舞台
灌木密了　小鸟
飞出了清澈的空间

老人院

一个镜头

雪花在脸上融化
我的头发被一个耄耋老人运动的风
带入凛凛早晨　飘逸的
红色套衫鲜丽
向前的专注目光使美好的冬天
闪闪发光　升高了气温
这时　我站在一旁
像在等待一阵太快的气流经过
内心变得明亮　如同需要
更多雪花和雪的光芒一样
恢复一下精神
使同一天的早晨
永不休止地融化日复一日气候
并在雪天的空气里
出现一个
或下一个

雨中的人

一个雨中出生的人
雨整夜进入意识的窗内
像是从命脉里流出来的水

日子消隐　越过
一连串生日的必然天空
留下身后的房子和斜着的雨丝

小巷或住宅小区
围绕着肝脏或一个时刻迁徙
光与影移栖而去

几十年的生命天气
雨又经过生日　涟漪
填平了坑坑洼洼的路面

而绿荫里的树
汁液落进斑驳的深处
似乎有着没有回声的震响

这种一千棵树丛中的动静
在雨的里面　渐渐
浸没了身影

老人院

寂静里的声音

房间里一个人的回声
在天花板下兜着圈子飘浮
显得黏稠和空旷

被自己侵蚀的寂静
变成一种色调　在从蛮荒洼地
覆盖一张靠坐的椅子

回旋的耳廓
一千万种飞翔的渴望
形成了四面结实的墙

每一秒绷紧的持久时间
嗫动的呼吸响彻胸腔
斜倚着内心的空间

而从角落里冒出的蟋蟀声响
冲进窗户　在宽大的床单下
突然停止了

在岩石上爬动

一支笔从早上站起
在一首诗的岩石上爬动　一杯茶
如同岩石上的深洼　随着低语
变出透彻波纹
出现的词语　形成
雪或有风的树林
覆盖荒凉的片片沙土以及
山脊和群山

一字沉默
常常在黄昏一闪而出

而散开的云雾缭绕
把夜晚的天空和凌晨的星空
揉进了浓密的白发

我这样走上陡峭的危岩
接近半空山巅　到了不敢举步的边缘
想到挚爱的先辈
那些看不见的人出现又消失
觉得文字都在风化
纸页漏雨透风
而当地平线和天穹　出现
重合的一隙光线　停在手上

老人院

一支笔投下的影子
仿佛倏地
找到了一点点变化的路径

在深冬的合唱声中

合唱的声音分开树丛
出现的街角或水边　所有的人
聚在一座露天的金色大厅

这是凛冬时节　暮色
掩饰太阳的钟点　在拉长
每秒呼啸的时光

嘴唇起着皱纹
回响缠绕一个悠长的韵脚
好像控制住了凛冽的寒风

音符交织在闪亮的光秃树枝
隐藏的价值变成妈妈们腔调
变成一点泛紫的天光

而从合唱声中路过的人
每个青年或老人　也许都该试一试
唱一首歌

老人院

袖珍问题

有些袖珍问题
散落在邻居家年轻的男人和女人之间
就像玻璃上不显眼的微粒
飘进明亮光线
出现又变大
阴影弥散开来　覆盖
更多状态里的细微反应
一种各自的生活方式
变成天大的事情　在被迫
吃一口不愿吃的食物时
归入观念
以至提醒什么或忍受什么
有了严肃的迹象

这种私密性的家庭问题
使无数日复一日的男人和女人
突然在一扇门前
失去了内部联系

木偶

木偶有着灵性
躯体　气味和衣着非常精致
被一根绳子牵动
交织一起的扩展花簇
在变化优美的动作时
露出各种角色所隐含的意思
被影响的肢体
带出一片光影中的动人故事
使有模样的眼睛
从一种语言到另一种语言流畅转换
出现金灿灿的前胸或闪闪放光的后背
使人一再感到
它的一举一动
是那融合的一刹那艺术

春后

岩鸽注视着山峦
同我一样　觉得二〇一九年的春后
已在新陈代谢中轻盈上升
飞行的咕咕风声
掠过杉树
悬起了一道柔和的光

崖壁陡峭
云朵的想象力砥砺
长高的山脊
横穿崎岖险峻的山路　巨石
站上了变幻莫测的山顶

而清澈的宽叶茅草
藏着一个细长的山谷　那里
厚钝的犁　正赶着田里的水牛
闪耀出
傍晚五点的光芒

这江南四月一座下旬的山
岩鸽经过我的踪迹　加深了
草叶茂盛的颜色

在峭壁上

我让自己的眼睛爬上山去
再次开出幻想之花　以黄昏的虹膜
给远景理出血丝一样的脉络
宏大与细小
纯洁与单纯
如同一棵山巅上的树
骨骼和关节变成超然离群的财富
柔软的生命
收拢明朗的山峦
视野里的云　移动在
沉稳的天空

所有生物和生灵都有一种空间
有着深情洋溢的生存方式
如同最新鲜的风
从山谷吹来　带来
向晚一簇花丛
在峭壁上
变成自己
最好的星星小旗

老人院

山居

月亮从完完全全的黑中
飘忽出来　如同一叶较窄的苞片
橙色的茎脉边缘
长出毛茸茸的景色
使交错的山影　落到地面
变成深度空间里的凝视

山居的田野睡在池塘边
微风嗅动的气息　像是一层
移动在树梢上的烟雾
仔细分辨
葱翠的景致
而唯一摇了摇树叶的月光
那不同寻常的素净
仿佛在动了心的世界比例中
缩小大的天地
放大小的微光

快速转换的境地变成一次储存
一种一瞬间分隔开来的停顿或明亮
变得纯白
简洁而清净

沉静的山坳

被零星灯光拆开的夜
散在几个沉静的山坳里　每棵
黑黢黢的树　以一种和蔼神态
保持着间距
显得超然而自在

灯光里房子　影子
如同一个个简便的壁龛　旁边
茁生的青枝绿叶
替代祖先们的肖像
彼此存在
许多朦胧岁月
就像此刻　整个乡间宅第关上了门
把一个放心的世界
交给虫鸣和连绵的犬吠

如同几个隆起的山脊
带动着四周群山的波涛　雾气
慢慢腾起　金葵和雏菊
填满松软沟壑
一条旧道　返回了忘却一切的房间
——那扇门

老人院

松林里的夕阳

夕阳进入山峦
一抹余烬凝成一滴松脂
透出天空的肌体或纹理
坡脊颤动
云的缩影默默隐现
一棵最古老的松树使自己的庄重
变得更加古老

那些龟甲状的老松皮变得出奇明亮
每分钟的衍变　在卸下
壳斑的寂静

夕阳构成了松树　松针上的光芒
斜向壮丽通红的晚霞
触及一种翱翔的活力

这种纯精神的感觉
新鲜的空气给人的肺强烈震撼
带动了每根纤细的枝丫

而当一片远景暗淡下去
夕阳的火焰再次升起
真实的松果叶瓣在更多的想象中
变硬和稠密

那一瞬间
星星与下午六点钟的光合并
出现了平静的夜晚

老人院

亲密的关系

母亲总在一个地方待着
最遥远的旅程　最陌生的小路尽头
透过浓烈的腐殖土和桉树的枝叶
等着父亲
飞奔过去

父亲去了　用富有美感的玉容草
点缀天空和昼与夜的山坡　品评着
那些斑斓或飘忽的鸟
像磷火一样舞动
稍纵即逝

现在我和我的父母
完完全全脱离了十月怀胎的亲密联系
彻彻底底经过几十年分离之后
不再怀有见面的念想
松树滤下点点光亮
划出一道
冰冷和炽热的分界线——
一边沉下逆光里的小小空间
一边想起自己三岁　被送进
绿皮火车的窗口
受惊的风
吹离了一角温暖的衣袂

而若不是这三岁的车窗
我将看不到一路外面的世界

老人院

一扇门窗紧闭的房子

仰望一扇二层楼房的窗子
窗台上盆栽　屋内挂着的字画
日历一动不动　悄悄
记住了父亲逝去的日子
重要手稿和阅读的笔　划出的重线
以及不可触及的身影
变成一堆书籍　覆盖斑驳的桌面
葱绿的树　好像
无论谁不在了
或谁有多久或沉重的悲伤
枝叶都在阻碍凝视
仿佛那蜷缩的空间
是一个不能惊扰的天堂

一座门窗紧闭的房子
钥匙的细小气味飘入偏暗的喉咙
默默的呼声　一点点
在缓缓地
陨落

家信

纸上一支笔　墨水枯涩
所有一笔一划的字　近况和问候
日子或想说的一切
思考后的思考　瞬间
全部消失　邮件触碰的邮筒
斑驳锈屑
散落一地

墨水瓶泥泞
内心的话语陷入凝滞的天空
信纸白得惨不忍睹

隔空的现实
没有收藏和存在的情感　好像
从不需要不倦的细节
眼帘里的窗子　桌子
变成一道淡蓝色的浮光一掠而过
深黑色的墨渍
使文字　一再
死于自己的手迹

时间在荒凉的废墟中默默退去
一支贴近亲密联系的笔　凋落了
最后一滴父母的应答

老人院

寻找苏州葑门外的旧居

一

那天傍晚
我沿着倾斜的光线　抚摸墙面
夕阳悄无声息地移动
触感　或苔藓上的泥灰
五十年的知觉
黏滞一根白色的手指

漆门分不清姓氏和血缘的影子
门缝像竖起的一道警惕目光
扑到我的身上

我的母亲已逝
我在替代她找回空间的痉挛
以及脸上
变大的泪珠

二

屋檐淌下脸颊上的光
发卡　蕾丝带和夹针再次出现
我看到母亲的一只手　撩动
几缕湿发　转过身
消失在西南盆地

脖颈抵近月夜的星星
祖籍之地的血肉之躯　母亲的眼
透过额头上的窟窿
看那遥远的水乡和旧屋
暗自说了一句
苏州或莳门的柔软方言

三
墙灰上浮出一朵泪花
我不敢想象这是另一种变异的粉末
相似之处
母亲之子吸吸鼻子
把承诺收集的思念
放进一个
融合时间和空间的
小小盒子

老人院

重症病房

重症病房的夜幕一点点降临
药味浓重的黄昏　我的母亲
透过西南的一扇窗　望着
遥远的江南

漂泊55年的儿子在古运河边行走
7岁的门槛　曾为阻拦一个陌生人
至今惊慌失措

亲昵的称谓
变成了一辈子的稀缺

自此两根铁轨就是平衡
汽笛声里的煤汽
熏黑了脸颊

昏沉已久　醒或早已迷失
输液水滴停顿一分钟之后
耗尽体力的手指　偶尔一动
震动了黏湿的江南
一两秒钟
白色夜幕覆盖了寂静的病床　房间
黑得伸手不见五指

最后的天空下着细雨

白天正在转折
呓语的舌头已经松开　也在崩溃
天下着雨　睁开的眼睛
在天花板上沉睡
没有一点过去的警觉

岁月和日子　一辈子靠说话的嘴
紧闭着　失去了红润的颜色
漂移的学校和桌子
被幻觉中的一群学生和尽头的一条走廊
带向一个课堂
哑声的事情发生了　蜀地的黄昏
重重地扑下
深深的寂静

最后的天空下着细雨
雨水的反光灌满了日暮时的病房
呓语和嘴型　一如冒着水泡的鱼
缅怀着往事
在昏迷中游动

老人院

一个星期五的下午

天已入秋
高温还在进进出出　站立到
房间的腋下　裸露的额头

窗户完全敞开
院子里滚烫的石头擦出火苗
鸡冠花冒出一簇青烟

比墙皮更苍白的
是风　砖缝一条条变得黝黑
吊扇像只年迈而无力的蜘蛛

茶几支撑的一面
空寂的电话机又聋又哑
覆盖一层苔藓似的微尘

而椅背上的衬衣
上涨的气味　落到唇上　浮过
一个含着胸的身体

这是星期五的下午
掠影在一间房间突然冻结
冻僵了我的脚

一本日历的题诗

撕下日历
无论当天怎样　锯齿形状
就是一个蕴涵的过去

纸页揉成一团
轻易地丢下心跳或升华的精神
命运和名字　在地上
转了一转
便静止了

日子总在不断延续
影子里的影子　部分或整休
像是夜晚闪烁的灯光
成群的星
化成几千朵小花　来而往复
变幻出湛蓝的天空和明媚的阳光
而垂下眼皮时　又一张日历
变成一团风化的纤屑之物
变成了——
沙子
灰土
碎石

老人院

褐斑

皮肤光洁
脸和手背攒起六十一粒褐斑
这些不会蠕动的小虫
粘附在太阳穴上
或在皮肤的褶皱中繁殖
用足够的光时
搅拢生活锈痕
使衰老盘绕的成百上千忧虑
再多一点瘆人的难堪
迫使我们
在现象面前
接受紊乱和吸收的暗示

褐斑骚动
我们允许了它们占领我们的皮肤
并且还在腾出空余之域
等待着
再一次的沮丧出现

橙子

这个冬天一个黄昏
又是一个天堂门口的人　头发脱尽
浮出水泡的光亮

荒凉的莽野
曾经热爱的土壤和植物　飘动着
一丝叶上的茎和草叶的秆

这种迹象
遇见落日和苍穹微微冷风
有种深深的颤栗

似是而非的光
窒息了形形色色的黑夜眼睛
捏皱了边缘的月色

而真实的月亮就是一只榨汁的橙子
液体从血管里流走
犹如倾泻

干涸的时间
有时一天　有时一分钟晃了晃
脸色就干瘪了

老人院

雨夜

天上的湖面一片空濛
云层被针戳出密密麻麻的小孔
雨经过半空　流尽眼里的光
形成了夜
或树卷起的风

仰望的人
胸口贴着窗口　倏然一闪
飞走无数体内的影子　使疏远了的过去
失去动静
失去形容
永恒的现在幻觉　看到
一滴雨　一株褪色的草　在草丛中
湮没一点一点声音

树影变成树的窟窿
墙角如同蜷缩的蜗牛　不断重现
喘动的粗气
慢性的阴郁
使又一滴飘过的雨
抽动了一下思念的脊背

景象

那天　一个人
把过去无趣而模糊的月亮
看成现在年老的景象
廊柱上斑驳的红漆　粘在掌心
身边檵木开出的花
有了暗黑的眼影
新的现实
到心境为止

月亮的印戳　盖在脸上
晴朗构成敏感的冬夜　嘴巴
哑默　休戚相关的云
外面是冰
里面是水
稀有的水悄然蒸发
形成耳边嗡嗡流淌的白发
背衬出城市年轻而精致的轮廓
这种景象
有着人们常说的意味
更有
人们无法触及和怀疑的无忧

老人院

花甲之年

坐在黄昏　望着窗子玻璃
点上一支烟　闭着嘴　不受打扰
花甲之年的时光
仿佛是早已落下的内伤
暮色或中年以后的斗转星移
像黑得快的夜色
在这秋季来临了

跨进这一日子
思考或做些什么的想法全都沉静下来
皮肤和心态松松垮垮
漫长的一天又一天
跟以往一月又一月　一年又一年
等同起来　时针转着圈儿跋涉
纠结一团的忧伤
蜷伏在头脑最深的角落
脊梁上一阵痉挛

而幸福感
也许只在一盏白色的台灯下　嗅闻雪味
那里静悄悄的　有着
词语的动静

独居或栖居

独居遗忘了身影
另外一种说出的栖居融合人群
窗前相同的树
一棵卷叶垂曳
一棵绿荫愈和了光的缝隙

暮色在额前静谧地悬挂
皱纹里黄澄澄的灯光飘进夜晚
分泌出的树影和人影
宛如房屋上一条狭长的天空
清晰的脑袋
钟点和心思
一边是一个人静止眼帘
一边是高大建筑的一群房间
开着呼吸的门

穿过古老的墙壁
独居绕着太阳或月亮沉默不语
栖居如同一座百年森林
惆怅和美丽的光线
在改变
不一样的昼夜

老人院

空壳

一个人湮没一座房子
四周的墙　从后背发出的气息
在床上窸窸窣窣响着什么回音
抽动嗅觉
闻到了鼻尖渗出的虚寂

光线断断续续
门与肺连带一些思绪　错位了
一点尺寸

每天钟的不绝脚步
在枕头上行走　无止无境地从眼前
到遥远　去而复返

望一望窗外的天空
云层压着屋檐掠过　从不带来
一滴雨声
几株干枯的瓦楞草
搜寻着
烟缕一样的风丝

嘴唇说着遗忘的话语
每分钟停留一个滴答　在空壳里
无声地回响

阴雨天后

阴雨天后
晴朗熨平了一轮月亮
那些熔岩一样的云朵　带着暖风
不能辨认的星座　闪耀的光
使我清澈

窗外的油菜又在花丛中走动
田埂被照亮　这使倾斜的远方
少了一维深度

假寐的身体　找到
月光里的鞋子　一动不动的脚
仿佛进入了一次旅行

鸟从树丛飞起
角角落落重新有了轮廓　空间扩大
自然的陌生反应　先是
调整呼吸
后是轻拭一只眼睛

想象更多的世界
景色与几处房屋融为一体
面颊丝滑　风在微微流淌

老人院

立冬这一天

柳和芦苇
带出水边一长串北风　波纹
打捞出一片无声的细雨

四面八方拖着尾巴的山峦
褪色的一些过渡性树丛　或那些
尚未枯黄的灌木
被我们的视觉
延长了葱绿

眼前小山冈有了季节的宽阔
并使树枝上漫步的绿叶
收缩了斜斜的影子

立冬这天　我们
跨越节气　一边是越想越多的空茫
一边在宽慰的话中　掷出一枚石子
在水花响起的地方
寻找一些
碎化的树荫和云朵

致淇淇

当旭日与夕阳相互凝视
从那一刻起　七个月大的你　一个小朋友
就是我最初的春天

现在你坐着嗅自己的脚
用肺吮吸小指　眼睛与天空蓝图
产生感应
口中的太阳
闪烁出口红
我的幻影攀缘进未来的世界和城市
光芒伸展　无限地持续
万物出现清媚的色彩

进入你的眼　湖泊溪水荷塘月色
融合山峦　鸟鸣和树丛
呀呀嗓音
说出了一行好诗

这是你我一起看到的美好世界
在一起化为四季和岁月
昼与夜
这使你明白的小手
扯下了我一根白发　刺眼的光
闪出城市璀璨灯火

老人院

让不断增长的人群和我的影子
进入了诗
进入久远的夜晚

移动的窗口

我不知道自己确定的生日
更不知道时辰　我是一只
老房子里被随意拨动的时钟

同样　我不知道自己幽暗的旷野
何时滑下最后一根草茎
聆听地下的声音

现在　我的窗户在移动
像月亮在跨越一条从头到尾的河流
看到玻璃上变大的山坡
陷进一小格一小格池塘
蓬起的灰色云丝
掠过绿色花卉
形成了一道黄昏的寓意

而眼眸
一半混浊　一半依然清澈
但模糊的日子
在我同样模糊的时光里　依然在
隐约地出现
隐约地消失

老人院

填补一个合适的空隙

当老人潮涌来　突然闪亮　湿透
冲开我六十岁的缺口　叠起的峰峦
就形成了连绵的走向

像在填补一个合适的空隙
进入行列　混合的形象　是那
恍惚　融合和波浪

触及和记住
隐隐一切投出的影子
都是显露出来的警觉或凝视

太快的夜色降临
一个漏掉的月亮　留下了
朦胧的清辉

这使许多看不见的沼泽
生命随着喘息一路拂动而去
淹没了悬起的声音

泡沫一个又一个若有所思地飘移
由东往西　更荒凉的空间
收窄了水流

而我向前的眼睛
看到优雅的日落和倒影
飞行的绿叶在穿过苔藓和青草

老人院

夜色

夜色在覆盖风动的树丛
雾的脚步在街面上移动

履痕无声
沉淀中的灯孵出黑黢黢的墙角
一束飞燕草斜倚着枝干发呆

夜深时间或十二点
人在街上消失　房子忍受着压迫的寂静
分割开的一个个窗户　片刻的光
冻结住了窗帘
而墙壁
如同一件裹紧的外套
变成化身的存在

街留出一长条干涸的空地
让拖出的雾气生根　偶尔
头朝一侧凝视
瞪大的眼睛
发现一只潮湿的猫
也在寻找自己的眼睛

我们都在每一天老去

当我们老去的时候
微笑会跃起难以控制的皱纹
肺里　仿佛少了些空气

加速中变得更为急促的时间
在感受眉毛的弯曲时
到来的艰难时期
躯体改变姿态　关节像在固定下来
每天的碎步　开始
堆积在房间或小径
而习惯性的凝视　在清晨的光中
总会看到一朵桃花睁开眼睛
近邻的门口
悲怆的送别
这种始初与终结　半明半暗
盘绕的鼻息随风飘移
全然不知一生的砥砺时光
怎样悄悄地出没

老去的人
仰望天空　星星都在凿穿黎明
松散的云朵变成一只只年迈的腿
空间里
我们这群越来越庞大的整体

老人院

一边围起暮色
一边转向炫目的落日
并在今天这里　离开的明天
与新月之光和从容物象
融为一体

昼与夜

四个老人的手掌
相互交叠　像突出的屋檐
庇护一座有婴儿的房子

昼与夜绵延
耐心或谨慎或饱经风霜的一生时间
辨析清了奶瓶上的刻线

庄严的配方比例和温度
以最大空间凝听一次嗝声
像在等待一个世纪的交替

而夜晚和早晨的星光
熟悉的平衡　仿佛
比自身的过去还要复杂或更有意义

发生变化的平和
老人的重生渗入一种新生　伴随
最珍贵的短暂时光

屋檐总是永久性的
偶尔望一望天空　月亮的皮肤细薄
如同肥皂泡泡

老人院

午寐

屋子宁静　我的午盹穿过
摇篮里的凝视和微笑　看到一个女孩
在通向我日后的路上

卓立的楼群　缝隙
如同一架细长的通天梯子　太阳
踩着轻柔的云层

从房子到房间
雪白的胡茬　从唇边的肉里
长出一束熔金的光

而在另一种景象里的一朵结婚的花
透过朱红色的叶簇　沾着露珠
朝我鞠了一躬

我从浅寐中醒来
柔软的厚绒毛衣　和过去一样
捂着暖暖胸口

晚年

在窗户收起天空
喝茶的杯子慢慢空了时
星星的黄眼睛开始怀旧
我知道
我已进入晚年

白发一个劲地掉落下来
突出的眉毛如同疑问一样卷曲
一只孤鸟的叫声震动窗棂
松弛下来的神经
如同漫长的生涯
往后一仰　交给藤椅的扶手
身体卷成了
夸大或被压缩的影子

现在　我清楚了花甲的意味
房间里塞满一声不吭的空气或烟缕
偶尔溜达一阵的鞋子
极慢极慢移动
拉长的时间
变成了多种思维的归纳过程

窗户长出的城市
伸进了云层　内心衍生出的万事万物
仿佛都在自己的腰际
转动和错位
老人院

路过一个花坛

坐在花坛边的老人
我不知道他看了我多久　直到现在
目光还在坚硬地斜伸过来

他的黑灰色头发
像是烧炭窑里熏出的烟
眼皮盖着没有血色的颧骨

我的年龄是他遥远的过去
是一座静悄悄的老爷钟前
摇曳的时光

而不同的视角
年过半百之后　两个不同的黄昏
有了一种相似的梦境

如同天上一连串碎云
在岩石上裂开　抖动着
经过身边的灌木

空气又湿又黏
我的呼吸像在转移
在老人的表面上出现和隆起

落叶

风在缓慢吹动
把落叶拢在一起　推入一个墙角
从未考虑的缘由　像在丢下
废弃的一堆纸团

光和空气急剧变化
进入缺少秩序的细小窟窿

更多的树枝穿过自己的葱绿
经过纷繁复杂的演变
留下了清晰的骨架

裸露的季节
低斜的夕阳飘出一片远景中的云朵
在分离万物的苍穹

薄暮吞没了绿色的雾霭
树枝和树枝在使用暗淡的词语分别
往下沉的心脏　想起
落叶的气味　轮廓和茎脉
以及曾经的
一致血脉关系

老人院

给妻子

菜市场在烦恼的街上
绵延的树像是伸长的腿
在穿过会说话的小巷和早晨时辰

这种最普通的生活　永久的生活
正在升起盈盈的太阳
变成一个与时刻扯在一起的人

岁月在鞋里
身体与市民相似　行动中的影子
闪过了太过拥挤的空隙

没有疑问的深情
似乎一分钟在完成一个世纪的重托
继续着肺里的呼吸

而当栗色的围兜
系上腰际　锅间冒出的油烟
总在飘过低下的头

干渴

酒后　屋顶上的烟道干渴
沙尘漫过骆驼的铃铛　形成
遮天蔽地的荒漠
这时　大象的鼻子
吸着一条汹涌澎湃的大河
亭亭玉立　站在一扇窗户中间
跟我喉咙的距离
只有一臂之遥
只是空气
像块很大很厚很结实的玻璃
隔开昼与夜　隐隐听到
水在哗哗地流淌

沙漠涌出一片汪洋
骆驼萎缩成一株干枯的芨芨草
而我没有唇的脸
张大着嘴巴
看到大象把吸满水的鼻子
灌入月亮神池
出现了空中的荷塘

老人院

除夕

东面的天空　闪烁烟火的闪光灯
麻雀飞过浓浓的青烟　躲过一声巨响
窜向西面

西面的天空　闪烁烟火的闪光灯
麻雀落到一个黑暗角落　又在巨响声中
窜向东面

南面和北面同时烟熏缭绕
晕头转向的麻雀　急速地回旋
不定惊魂
遍及大街小巷

我坐在四合的庭院深处
眼睛疼痛　耳郭鸣响　抬起头的一个喷嚏
朝着闪光灯的更远地方
扑了过去

昼与夜的痉挛和喜悦连绵
我陷入可见度为零的浓雾　失去了
思念的等待和静默

居所

城市蓬勃向上
固定不住高度　那些矮小的房子
在走下岩石的台阶

居所一点点缩小
合围的大厦闪闪发光　恐惧的天空
变得愈加抽象

就像一只鸟
擦着玻璃掠过绿色树丛
急速地收拢翅膀

而斑马线上的人影
飘来飘去　在穿过阳光时
蓬起一层毛毛灰尘

砖瓦居所　泥与土分裂
吱吱呀呀　在蜷缩的角落
响出一声很薄的犬吠和微风

老人院

握手记

伸过来的一只手
像块干燥而粗糙的树皮　有了年代
皱巴巴的样子　鼓起几条空了血流的黑筋
密密麻麻的大片褐斑
如同碎化的苔藓
在以蠕动的方式
爬向手指弯曲的地方

私人之间的一次静电反应
仿佛放大了世态变化的颤动
攥紧的指关节
渲染出一个交叉十字路口的声响　又从
分化出的支路消失
留下一片
龟壳般的天色

长达几分钟的问候
相互之间交替着的左手和右手　像在
连指手套里　伸进伸出

舌头

舌头在口腔里伸缩
常识告诉我　所谓不安和期待
只是一种嘀咕

没有人为失去一个老人的舌头难过
更多时候的更多嘴巴
仿佛都是空的

所以　闭紧嘴巴比一切都重要
不朽和不成熟的唾液
从未融化过漠然

比如陪伴
舌面上交替的片片理由　全是
时间中的问题　而不是人

从这个角度来说　当我
放平隆起的舌头　咽下一口微笑
就没有焦渴的喉咙了

老人院

石榴花

石榴树花开
花落一地　掠过一个养老院的房子
没有时间恐惧
只有叶子交叠着　相互点了点头
飘过一丝气息

没有感觉的感觉
老人的日常呼吸在始与终之间
透出半明半昧的沉寂

石榴花变得很轻
美好的空气在枝丫面前　演化成了
一束淡淡的光
四周的树
左边与右边的灌木
仿佛都在各自的小天地里凝视
适应着
微妙的悸动

石榴花有时会有晃动的喃喃自语
而后在一阵忽闪的风中
隐没深处　留下的一切
只有一棵石榴树
在院子里
揉碎时间

描述

年衰的一个身体　带着
来苏水味道飘出医院里白色的光
两条细直的瘦腿　如同
熨烫过的裤子褶线
轻轻摇曳
脱离了
身后一间幽深的病房

分得很开的两只眼睛
粘着羞怯怯的微笑　眉毛和睫毛
像是吹灭了邪火的透明烟缕

时光再次从钟表里出现
幸福的颤动增加了行走的生动
而恢复接触的手
绒毛一样软的分量　转移了
生命最繁复的简单问候
短短的间歇中
一只鸟
从陌生的植物间飞了出来

穿过荒凉而来的人
阳光和阴影如同一颗沙漠中的沙粒
在具体的概念中　变得
一半虚悬
一半明亮

老人院

冥想

如果在某个世界里
老人和新生的婴儿变成一人　叠加的年龄
减半或一分为二　那么时光的语言
应该这样出现

所有穿过白昼与黑夜的身体不再衰老
微微翘起的眉毛和中年微笑
从朦胧的雾霭中升起
而储存在黑色源泉里的目光
凝视太阳
就会变成一条轮廓鲜明的红带子
与所有渴望的水平线衔接
并使一生的现实或世界
在胸口　涌动出
美丽的光芒

大叶子树

大叶子的树
收缩冬天的严寒和一抹黄色
寂静透明　茎脉越来越清晰
裸露出来的枝丫
转动着空气的漩涡

修剪过的灌木延伸出长长的小道
硬茬或落叶停在眼前
细微之处的阴影
与体衰联系在一起
像经过恍惚状态的人　走动的鞋
相遇了很多静止的声音

重现的一分钟和深深的呼吸
背景吹出寒风　时辰里的时间
触及薄薄的嘴唇

而当又一次吸入鸟鸣
沉淀下去　一切在场的道别
街头或僻静角落　每一个消逝的日子
天气总是
一声不响

老人院

梅雨季节

梅雨缓慢延续
蜷起房子的暗淡　朝下的屋顶
一只橘色的鸟　停在
窗前的树梢上　拍动翅膀
以一个正面的姿态
朝我啼鸣　然后像在正确的位置
带着一束小小的光
飞向雨的天空

鸟在远处转了一圈
难以置信地又回到刚才的树梢
用一双会说话的小眼睛
凝视我　默默一秒钟
万籁俱静
倏地尖叫一声
再次滑翔而去

我隐匿在窗里
一脸茫然　一根肌腱拖住体重
看到自己的影子　搭在
灯光中的椅背上

出门

因为去见一个人
出门前　照了照镜子　一根雪白胡须
如同往事卷曲在剃刀上
手一颤抖　下巴颏冒出的血
扼住了呼吸

熨烫过的衣服　线条笔直
伸进深深的眼神　在绷紧骨骼时
脱落一粒纽扣

纽扣一蹦一跳
很快隐匿了声音和动静　一瞬间
更老更迟钝的脖子　凝止了
震动的眼睛

房屋肃静
门在掏空门缝里的光　连续的深呼吸
散去行为和时间　只觉得
外面的天空
融化了容貌

老人院

这个时刻

我几乎忘了自己肢体
在忽略脚踝　关节和脸的变化
感到肌肉年轻
内心的某种东西绷紧
做着做不完的正确事情

好像耗不尽的敏捷
总在保持时间尖上的轻盈
一而再地
用自己上千万束的光　去照耀
锤炼的虚幻
或者其他什么

六十岁的念头一闪而过
观点栖息在屋内的房间里　感到
现在的时间有了更重的分量

一个不老的人
脊骨像是结实的衣架　美好的时光
让我记住穿上所有动感的衣服
用踝骨突出的脚
确定一种存在
而不知
今年这个时刻
明年这个时刻

初夏

有时候某种一点气息
或青翠　会使自己的呼吸透彻
浓厚和聚拢的感觉　掠过
存在的空隙　出现或记住的名字
像在一个幻想的房子里
轻灵闪动

宴饮拖入长长的灯光
像昼一样坐着的月亮　内心气候里的
馥郁　有着一种植物的娇柔

而欣然卷起一丝儿发缕
窗外蛙声和带着光的虫子以及树枝
生出一种斜着向上的星空
夜晚的片片时刻后退
窗帘的花纹蹁蹁跹跹
朦胧　浮动
一个初夏
在此不复

老人院

另一只眼里的城市

城市在延伸和向上
视野里的窗口越变越小　在抽离目光
那些栽培过的楼房　或旧址上
高大的标志性建筑
在自己的呼吸中
屏住了呼吸　在黑夜中进入梦境
似乎失去了一枚月亮　一颗行星
每个人只有自己一个年代
衰迈斜立　在一幢楼里静止眺望
灯饰像彩虹的手伸向天空
落下轻轻的寂静
可以分辨清楚的区域　方位　曾经的存在
在暗黑中直直呆立　在隐而再现
缓慢打开眼睑尺度
惊诧中
那些被目睹的蜕变之地　蜘蛛似的汽车
网住了马路　在深信不疑地
驶向潜行的深夜
又一个开始的早晨

寻房启事

我的思维
勾勒出一座再现的房子　白墙
和镂空的花窗　花坛后面宽大坡屋
回忆似乎比原来的样子
丰饶得多
追溯变得愈加疏离　那里
地基湮没　木头倾斜　墙壁腐蚀殆尽
枯瘦的砖缝像在凝视
在深呼吸中
游移走了被反复核实的地址和踪迹
坦露出一片冷玻璃的陌生区域
没有办法的办法
遍及楼群的寻房启事
上面我的名字　联系电话以及街坊邻居
详尽到了一块白瓷
呼唤着
知情人
告诉我一切音讯

老人院

鸟雀之塔

沉寂建筑
塔里有巢
一代一代鸣啭的鸟雀　形成了关于生存的时间
所见之处的叶簇　耸起苍翠
白色的碎云粘附一片蔚蓝天空
静止细节　翅膀收拢全部含义
在飞檐上　在塔尖　在直立的高处
抖动背脊　专注或敏感观看一切
而一些模糊的声音
身姿里的柔顺和缺憾　像在诉说
变形的隐忍和坚韧
这些鸟雀
依赖身体
在塔里衰迈聚集　仿佛只有两种特征
一是永恒地栖居
一是硬化自己的暗影

建筑实况

昨夜　我盯着一幢空置的建筑
看墙体上生锈的阴影　斑驳雨痕
它像在向内收拢　有种壮志未酬的样子
光阴的年限和日期　到了
归于沉寂的时候
没有一缕照亮窗户的灯光
消失了十年二十年前的金色圈纹
形成视线的历史　无力存在　此刻的倦怠
隔绝了惊扰　纷扰　像已过了一生
似乎虚空就从我这一刻凝视开始
风已侵入墙体
在其内部回旋　发出呼呼响声
而这不被看见听见的一切
与夜晚同在
在默默地　试图从楼顶开始
用完好的月光　进入窗口
进入完整的隐秘世界

老人院

分解

压缩的小巷
在十二点竣工老旧楼房的修缮
墙如穿着的月白大袄和长衫　复原了
多褶纹理和幻象的空间
等待着
城市路过的人　回望
所遗忘　所简化的一切从前日子　以及
旭日　月季　夕阳和星星
台阶上　沉稳的门敞开
兼容并蓄的柱　梁　楼板和桁架
间隔里隆起视野的楼梯
屋檐　使所有比邻的边翘
在一切瓦片之上向上
在一切面临狭街的窗口吹笛
像鸟一样轻盈欲飞
而那石板路上连续不断的纯粹足音
通向小巷的唯一出口
连接着新城市的一阵风　在分解
紧随的一种平衡

宗亲河上

终于看见
跟深情彼此一致的幽深古街
宅楼赫然耸起　水榭前倾着脑袋
波纹淌过尘埃和流年
相似的花窗雕梁　白净净的墙和玻璃
从转折处飘出讯息和余音
缓缓晃过的暮色　停止了喧嚣
隐掩一个两千五百年的路口和码头
汲水的石阶　平行小船
浅于倒映的天空
跨塘桥
大公桥
清名桥
如同祖孙三代　曲鞠着腰　躬在
宗亲河上
默想一口
五脏六腑一直想喝的水
而那味道
含着遮风避雨　乘凉纳荫　采光通风
以及彼此回视的生活　行走尺度
宁静的星星

老人院

梦中

凭借月亮的光
我在老房子的庭院看到尖锐的屋脊
如同一道深黑的细线
圈出一方敏感的天空
云隐在一边
云清晰浮现
云溢出逐渐加强的风暴　携带
猛烈的雨锤　摧毁了瓦和崩裂的墙
剧烈的震颤　被睥睨的
碎砖和尘土
连同瓦楞沟里的草
迅速纷乱一团　出现了另一片天空
裸露出基石和阴影
而倾塌的房梁　柱子
如同亭亭玉立的鸢尾花
长出地面　闪出雨水的光泽
在躲避
我的眼神

墙上的落日

看一看墙上的落日
一副放松而健壮的模样
归于平静　精神开始纯净
缓缓回眸一望
眼睛　像在凝视
云彩　走过的路　挪移的万物

落日是张更稳定的脸
墙内的平房和大楼　一派明媚
鲜亮光点
漂去玻璃上的暗影
蕴涵的透彻和乐观皱纹
或从一个房间到另一个房间的人影
形似金黄色的绒毛

若即若离
感觉到的边缘岁月
绚烂的你或我　每一分钟　或许
正在诞生每一秒的连绵夜晚

老人院

难以说清

当我像一根柔软的枝条
面对养老院那么多叶子一样的门和窗
开始默默转换一点看法
在深思熟虑后
透过黄昏斜影下的树丛
朝着满天星光
遥望了片刻

窗户里灯光明亮的种种场景
凝视的气息慢慢洇开
一种距离的敏感
一种归宿的姿态
一种很不熟悉的惶恐不安
左眼和右眼
全是模糊的背影
如同一粒粒移动着的纽扣
套紧了夜色

而夜色中的一棵石榴
正在开花　正在我的近旁
进入屋子的窗户

日子一天一天过去
石榴花不停绽放　我的眼睛

看到灯光照射云翳　总是
一半阴沉
一半明亮

老人院

溺水

溺水也许就是这个样子
想到年老的人在年老的水面上喘气
四周起伏不平的石头　磨出光泽
波纹变成褐色
上空的鸟　很慢很小心地飞翔
带出一缕一缕光线
孑然形只
一个白发苍苍的脑袋
悄然疏离　悄然消失音讯
移走繁星点点的辽远天空
而想到年老的人
坐在床沿上　凝视灯光
倦意猛涨
形成巨大的绿色波涛

假想

一
窗里无云
微风朝环绕的树梢吹去
后半生的第一天长空　晴朗或平旷
滋生出独自选择的这幢坚硬房子
养老院的大门和耳门
朝向人流
行星的玻璃　一块挨着一块
胶合比例合适的框架
如同透视镜　凝睇着
进进出出影子

二
人的前半生
从昼夜不停的道道弯路穿过
交替出现的葱郁或荒芜　分割寂静
窗里的星星和废墟间的碎石失去了细节
怦怦心跳　最美好的事物落下闪耀光芒
渗入
谨慎的平安
斜着向下的坡度
以及鸟一样铭记的飞行痕迹
万物越来越小

老人院

萤火虫一点一点轻盈粘在指尖
形成一座　适得其所的
院落或花园

三
特定窗口
鹪鸟浅哑的声音在空间里变大
从一棵树跳到另一棵树上
像一串从不凝固的省略号黑点
触及难以说清的现身缘由　抑或
渴望和无奈
仿佛从进入的光中　就已确知
大理石铺开的台阶上面
有长长的走道　过渡者房间　吉祥编号
所处位置
像在中间
包含着左右的呼气和吸气

四
洁白的墙融化白色
床铺四尺大地　墙角圈住消瘦天空
发光的镜子　看见柜子清空了许多东西
冰箱响动起来
洗衣机可以辨认缥缈的织物
电磁炉
微波炉

锅碗瓢盆　在擦洗干净的桌上
静静地延续伴响的生活
连接一个人
幸福的简单
而曾经满屋的书　四季衣服
箱子　抽屉　储藏室　熄火的厨房
滑过颤动的瞳孔　只剩
白茫茫一个光斑

五
眼睛与左邻右舍的目光
相遇　问候和微笑贴向长廊栏杆
像蓟种子的茸毛一样　散在面前
皱纹射来
骨架年久走形
各式白发拢出每张脸的银色轮廓
光与影融合
天与地变成一种动着的双唇
倾听
说出
强烈的相互吸引　自己辨认自己
滑过正午的光线
使清晨之时的静谧　昨夜的梦魇
少了许多　衍生出了
复原的茂密

老人院

六

飞燕草升高窗台的苍穹
鸫鸟飞上玻璃的凌空天际线
脖颈四周转动
像在用一个巨大的时辰寻找最美的瞬间
期待人形的树　从千枝万叶的缝隙中
响出步履
走进灌木丛中的路径　看到
想看到的人　骨头和肌肉的样子
脸和内心及任何天气
让鲜明性的距离
缩短深处
呼出一口
肺里的沉沉呵气

七

照料的秩序　感到
柔和的音乐　护理是种耐心的微笑
置身交织的关怀中心
组成一环
牵动整体
专业专注的手势和优质神态
空气造出一架横跨悬崖的梯子
越过坠落的时刻
所想或没有说出的纠缠传闻
催眠药
镇静剂

椅子上捆绑的四肢或绳子　以及
冲洗裸露躯体的冰冷水管
阴影使一个死结
松开
眼睛里的窗外明亮光线　焕然一新
加入的色彩
开出了一院子的花朵

八
深邃的黄昏
暮色静默　收纳起来的余晖
浮在无风的树梢上
几盏庭院路灯　打开无畏的光
照亮了窗子
微微发蓝的玻璃

九
身影突出　空旷的夜显得渺小
白发如冻霜　澄澈中的冰凌浮动
每个父亲母亲　簇拥子女
只有二十年光景
延续几年　窸窣的声音飘远
脑袋空空　怀起疲倦的感情
渐渐忘了谁跟谁
在深幽的记忆里交流
一任镜片上

老人院

蒙上薄薄的水汽
升起凝想的寂静

十
如同一把壶
容纳今天的明天　香茗重新分解
捋出自我牵挂的气息
像风信子　丝带
播散在空中的微信　不粘邮票
声音依然保持没有老化的仓促频率
万世不会出事
生活挺好
软房子适应了一切习惯和时间
编制的稳定语调或啜饮茶的安详
手中的杯子　晃动着水
溅落的水珠
闪出杂碎的柔光

十一
夜色深入
未来的话堆在身体之房的心尖
一垛一垛　缓缓
连成起伏的山
坡脊伸向自我占据的半空一角
像块石头
沾满月色

十二
窗帘一尘不染
灯光垂直淌下　在地砖上平缓流动
褶皱里的透亮夜空　那云层间
不知去向的蜃景或旧宅楼宇
隐隐失去基础
几段楼梯
在蓝色四溢的空气里翻腾涣散
弄丢了昼与夜
终究的尘土

十三
彼与此
部落或待的地方　时间没有怜悯
脚和胫骨鼓励鞋子摆动神经的姿态
依赖行动
找到细胞的力量
在自己的体内和入窗的光中
吮吸延年益寿源泉
进入日复一日的渴望晨曦
长与短的开始

十四
鹁鸟再临时空之窗
隐忍的翅膀在身姿里柔顺收拢
树木浓缩了　蓟种子的茎枝不会缠绕

老人院

特定的面容　嗡嗡人语　轻松微笑
开始新的一天
差异消失　区别和境况合一
房子里漫游的声音
低音处震颤的絮语
是自己的呼吸
也是一种合成的心跳

十五
站在窗口
花园或大地的精神花朵
在自己的世界和身处的时代绽放
养老院之外的视野　嗅觉和听觉
耳朵在脱离
小虫回旋的宁静鸣响
那些缺乏衰老和孤寂的预见　更不可能
看到一张空着的椅子
一束由深变浅　由近及远的光线
正在倏地斜过
明天的明天

后　记

　　路过养老院，侧过头凝视，总有一种拟态严肃地占据内心。觉得房子在歪向树丛深处，窗子上的玻璃或里面的灯，都是具体化的独特情节，挽起肘弯的长廊，仿佛拢着大多数人的归宿，而由外及里的路，每一步、每一天就是起点。

　　想到衰老问题，必然触及日常生活和命运这个核心理念。年迈不能抚慰，亦无需悲哀。凡到了六十岁的人，都应知道怎样去寻找老去的生命意义，这是一种是否活得明白的事情，更是一生中被赋予的最艰巨使命的开始。

　　当每一缕皱纹从脸上出现，当白色野兽从黑色头发中跳了出来，我相信大多数同代人的感觉应是一样的。不可控的力量会拿走趋老的人很多东西，但唯一无法剥夺的是自主选择如何应对不同处境的态度和行动。我们无法控制生命中会发生什么，但可以控制面对衰老时自己的情绪。因此，我关注老年人的生命状态，实际是想通过一首首感悟的诗向读者传递一种观点——生命在任何条件下都有意义，全社会应更好地关爱老人。

　　我走访了几十家养老院，我所看到的一切，或比原来的想象更为强烈的印象，是许多老人在窗户上贴上了窗花，在窗台上、茶几上养着绿萝、兰花、富贵竹、水仙、松球以及栀子花等盆栽，充满了生活的渴望。当然也有日复一日地待在屋内、因孤老或病痛而愁眉苦脸的暗影。他们屈从于无始无终的时间所带来的昼夜交替，一种临时存在的悲戚不止一次掠过我的眼睛，给我留下了无法抹去的伤感。每每见到这种情景，心神无不震慑，仿佛那些老人都是我身上不可分割的一部分。而当望向每个房间时，如同望向一个个深井，人影如同风中的树枝在晃动。

深入养老院去解剖年迈，这种非个人化的写作渐渐替代了我个性化的经历，而我把感触写了下来，拓展了我的诗歌对经验的吸收能力和范围。

这本书的完成，实际上我愿意看作是我对自己步入年迈时期的一种表达。每个老去的人都如一张树叶，它不仅表现出了树叶的所有细节，而且还有着共同的命运。

愿这些诗在读者眼里静静地发光，在人世间留下印记。

2020 年 5 月初夏